Hubert Mingarelli (1956-2020) est l'auteur d'une œuvre très remarquée et largement traduite. Il a publié une douzaine de romans et recueils de nouvelles dont *Quatre soldats*, couronné par le prix Médicis 2003. Son roman *L'Homme qui avait soif*, paru en 2014, a reçu les prix Landernau et Louis-Guilloux.

Hubert Mingarelli

LA TERRE INVISIBLE

ROMAN

Éditions Buchet Chastel

ISBN 978-2-7578- 8480-5
(ISBN 978-2-283-03224-4, 1re publication)

Allemagne, juillet 1945

Depuis presque deux semaines de ce mois de juillet brûlant j'attendais à Dinslaken, au bord du Rhin, je n'arrivais pas à m'en aller. Pourtant je pensais avoir tout photographié. Tous les jours le soleil était blanc et les nuits n'apportaient aucune fraîcheur. On étouffait le jour et la nuit. Je ne savais pas pourquoi je restais ici, passant le plus clair de mon temps à l'hôtel, n'ayant bientôt plus d'argent. Le matin je descendais voir le fleuve et le soir j'allais m'asseoir sur le banc de la Dürenstrasse. Je fermais les yeux, attendant qu'il fasse un peu moins chaud pour rentrer.

J'entendais marcher, il surgit derrière le banc comme un fantôme en portant un carton de bières. Il resta un moment assis à côté de moi, on but ensuite, on se parla et il se releva. Il avait les jambes écartées et la bouche grande ouverte comme s'il mangeait l'air. Il écrivait pour un journal hollandais. Derrière lui, le soleil tombait sur une montagne de briques rouges qu'on avait par endroits commencé à trier et empiler. Il me demanda : « Et toi ? » Je sortis mon appareil de la poche et il dit : « D'accord. » Le soleil m'éblouissait et lui maintenant dansait sur ses jambes. Je ne savais pas où il avait trouvé toutes ces bières. Il lança : « Je n'ai plus rien à dire. Ce que je vois, je l'ai déjà vu. J'en ai plein la tête. Demain je m'en vais. » Il revint s'asseoir à côté de moi. Il sentait la sueur et la bière. Une heure avant je ne le connaissais pas. Nous regardions le soleil tomber vers le fleuve invisible d'ici, et quand il eut disparu le ciel devint tout sombre. On entendait des bruits mais on ne savait pas d'où ils venaient. Au loin un moteur qui n'arrivait pas à démarrer. Je fermai un moment les yeux et, lorsque je les rouvris, il n'était plus là. Une femme avec des bottes de soldat passait devant moi en poussant une charrette à bras sans rien dessus, sa robe était d'un blanc immaculé, la roue grinçait. Une étoile s'alluma, au loin le moteur démarra enfin. Deux bières et tout était mystérieux.

La femme avec les bottes de soldat était en bas de la rue, assise sur la charrette dans l'obscurité. Elle se parlait et ne me vit pas passer. Tout le long des rues obscures, je pensai à elle et, à un moment, la bière agissant encore sur moi, j'eus envie d'y retourner pour photographier ce qu'elle se disait. Puis je vis de loin les fenêtres de l'hôtel encore éclairées, et suspendu au premier étage le drapeau britannique qui tombait comme un grand drap qu'on fait sécher. La sentinelle adossée à l'entrée me fit un signe, je lui répondis « Bonne nuit » et il secoua la tête comme à une plaisanterie. Je montai les étages et, une fois dans la chambre, je frappai sur le mur pour prévenir le colonel Collins que j'étais rentré et m'allongeai. Je n'attendis pas longtemps, il entra, ses bretelles tombaient sur ses hanches, il suait beaucoup et dans la pénombre il m'impressionnait. Mais en plein jour il avait un air assez doux et regardait pensivement les choses et les hommes. En attendant de retourner chez lui, au Pays de Galles, il administrait la ville avec ses officiers depuis le gymnase municipal, le seul endroit assez vaste qui tînt encore. Je l'avais suivi avec son régiment du génie de la frontière française jusqu'en Bavière, et depuis que nous étions à Dinslaken il venait presque chaque soir. Il était photographe amateur. Nous parlions photographie et parfois des ponts qu'il construisait avant la guerre. Il prit une chaise, s'assit et posa un plat de cerises sur le lit. Il dit : « Tout passe par moi ici, même les cerises. » Nous commençâmes à les manger. Il n'avait jamais vu mes photos mais connaissait les journaux pour lesquels je travaillais. Je n'avais jamais vu les siennes non plus. Il se leva, alla jeter les noyaux par la fenêtre et y demeura, tourné vers la nuit.

Je lui parlai de la femme sur la charrette, je lui dis que j'avais eu envie de photographier ce qu'elle se disait, mais sans lui préciser que j'avais bu deux bières. Il se retourna, tendit une main vers moi et, avec le noir du ciel derrière lui, cherchait à me dire quelque chose. Il n'y arrivait pas et se pencha à la fenêtre et s'adressa à la sentinelle devant l'entrée : « Comment ça va en bas ? D'où tu viens, garçon ? » Je n'entendis pas la réponse. Ensuite il regarda sa montre et lança : « Encore une heure. Tiens bon. » Et, dans la foulée, ce que presque tous ses hommes avaient entendu au moins une fois et prenaient sans doute pour une plaisanterie : « Aime Dieu, mon garçon, ça passera plus vite. » Il me refit face, secoua la tête et d'un air amusé : « Moi, tout ce qu'ils viennent me dire au gymnase, je n'ai jamais pensé à le photographier. » Il revint s'asseoir et reprit des cerises. À présent il jetait les noyaux par la fenêtre assis d'où il était. Il dit : « Ils ont tous quelque chose à demander. Mais moi je leur fais comprendre qu'il y a un temps pour se taire. S'ils pleurent pour m'avoir, j'ai peur de m'emporter. » Il rata la fenêtre, se leva, retrouva le noyau, le jeta dehors et resta là devant la nuit où un avion passait. Il dit : « Aujourd'hui, on est venu me demander des chaussures. Moi je leur ai demandé "Vous croyez que j'ai ouvert un magasin ?" Je me suis mis à rire et je leur ai dit de s'en aller, ils sont partis, je leur ai dit "Non revenez, je me souviens où il y en a, mais prenez un camion." Je leur ai montré sur la carte où ils pouvaient en trouver des tas hauts comme ça. » À cet instant, l'avion disparut. Collins se tint devant la fenêtre un long moment sans bouger, puis un faux sourire s'alluma. Il revint s'asseoir, reprit des cerises et lança les noyaux dans la nuit, faisant mine de s'amuser, pensant me cacher la haine brûlante qu'il avait pour les Allemands, haine plus grande que celle de ses hommes, qui eux avaient pu s'en soulager un peu en en tuant un grand nombre, même lorsqu'ils se rendaient. Et moi j'en avais photographié un grand nombre aussi, dans la position grotesque ou humaine où la mort les avait surpris.

On ne parla pas de photographie cette nuit-là, mais des hommes qui commençaient à rentrer chez eux, nous évoquant des noms, des visages. Nous eûmes le même sourire vaguement triste en nous souvenant de McFee, son chauffeur, puis il s'en alla en me laissant les dernières cerises et, longtemps, je l'entendis marcher dans sa chambre d'un mur à l'autre, infiniment seul.

Moi non plus je ne dormais pas. J'écoutais la relève des sentinelles devant la porte, discutant à voix basse, et lorsque je me levai et allai à la fenêtre, ils me firent un signe. Je leur rendis et regardai vers le fleuve, si sombre d'ici qu'il semblait flotter entre la terre et le ciel, comme j'avais déjà vu flotter le bleu d'un lac. Ce jour-là nous roulions au pas, le convoi s'étirait depuis des heures et soudain McFee, le chauffeur, s'était mis à frapper sur le volant et à klaxonner le camion devant nous comme s'il y était pour quelque chose. Collins assis à côté de lui et pas méchamment :

« Qu'est-ce qui t'arrive, garçon, tu es pressé ? »

McFee en secouant la tête :

« Pardon, mon colonel, une habitude. »

J'étais assis derrière Collins et nous vîmes s'approcher au ralenti un lac d'un bleu intense, et sur la berge deux Allemands côte à côte gisaient sur le dos, les vestes d'uniforme à moitié retroussées leur dévoilant le ventre, et derrière eux le lac si intensément bleu et calme ne semblait faire partie ni du ciel ni de la terre. Collins et McFee ne prêtaient pas attention aux deux Allemands. Dans le camion devant nous les hommes jouaient aux cartes sur un bidon d'essence et nous finîmes de longer le lac, passâmes un pont sur la Weser et entrâmes dans une plaine sans fin. Le jour baissait et nous entendions au loin les grands coups de la guerre, et l'horizon s'illuminait de vagues orange comme un matin.

Le soir même, assis sous l'avant-toit d'une maison, j'écoutais la rumeur du camp qu'on installait et les camions tournant au ralenti pour avoir de l'électricité. Je voyais les hommes de Collins qui allaient et venaient et j'entendais parler allemand à voix basse d'une fenêtre obscure. Je voyais des drapeaux blancs tomber aux fenêtres. Traversant la rue, une fillette s'approcha en portant un casque avec précaution comme si elle portait une casserole d'eau bouillante et elle s'assit à côté de moi et au fond du casque il y avait une souris sur de la paille. Je fis signe à la fillette de poser le casque, engageai une pellicule, me penchai et pris quelques photos. Longtemps, par la suite, je devais songer à Mac Graw qui développait mes photos au journal, découvrant sur la même pellicule la souris au fond du casque et celles prises le lendemain presque à la même heure.

Nous repartîmes à l'aube et ce fut une bonne journée de printemps et jusqu'au soir nous ne vîmes aucun soldat allemand mais beaucoup de civils le long de la route et lorsque nous roulions au pas McFee levait une main du volant et leur lançait des gestes solennels imitant la main de George VI et parfois l'un d'eux lui répondait d'un air sérieux et McFee pouffait de rire et Collins se retenait mais secouait la tête et nous roulâmes ainsi jusqu'au soir sans le moindre coup de feu et à peine ralentis par les voitures que les camions de tête poussaient dans les fossés.

J'étais aux côtés de Collins lorsque nous pénétrâmes dans le camp. Me voyant hésiter et ne plus rien faire de mon appareil, il me demanda des yeux pourquoi tandis que ses hommes s'avançaient entre les cadavres gris et parfois se signaient et se regardaient entre eux et cherchaient du regard Collins sans penser encore à enfiler un foulard contre l'odeur mais s'accroupissaient silencieux devant les mourants gris et nus et ils demeuraient là accroupis immobiles dans la lumière du soir et leurs lèvres ne bougeaient pas non plus et ils continuaient à chercher du regard Collins, leur colonel, qui ne trouvait pas un mot à leur dire n'en trouvant pas pour lui-même et soudain quelqu'un lança au-dessus du camp une fusée éclairante qui retomba en éclairant d'une même lumière rouge les morts et les vivants et personne à ce moment-là ne pensait que celui qui l'avait tirée avait perdu la tête, mais bien lancé volontairement une clameur rouge vers le ciel ou une prière et lorsqu'elle s'éteignit il y eut un silence encore plus profond.

Collins avait fait entrer les camions et leurs feux éclairèrent en provoquant des ombres gigantesques et les gaz d'échappement nous étouffaient mais nous protégeaient de l'odeur. Une nappe grise flotta toute la nuit et au matin le vent l'emporta. On avait couvert les morts avec des bâches. On avait porté les mourants dans les baraques et on les avait enveloppés dans nos couvertures. Ceux qui pouvaient marcher restaient dehors en groupe le long des baraques et ils regardaient vers le ciel encore pâle semblant y lire quelque chose et buvaient dans nos gourdes et mangeaient pas plus vite que ça le pain la viande les biscuits des rations de combat et le soleil se leva et on entendit des cris sauvages suivis d'une longue rafale et on vit venir vers nous un sergent poussant devant lui un garde au regard désespéré. « Il y en avait trois, mon colonel. » Le sergent montra une cabane en planches près de l'entrée, deux corps gisaient en travers de la porte. « Étaient là-bas. Celui-là je l'ai raté. Qu'est-ce que je fais ? » Il le poussait avec sa crosse. « Hein, qu'est-ce que je fais ? Il y a encore la potence, mon colonel. Moi ça ne me gêne pas, je le fais. » Le survivant gémissait, la terreur lui donnait quarante ans. Il sanglotait et se passait la main sur la tête. Du sang coulait dans son cou. Collins était assis sur un banc, adossé à une baraque, les yeux cernés, et il sortit son revolver de l'étui et le pointa vers le ciel, juste au-dessus du prisonnier. Le canon tremblait, le sergent fit un pas de côté pour éviter la trajectoire et soudain Collins posa le revolver sur le banc, se leva et frappa le prisonnier au visage puis le serra dans ses bras et à nouveau le frappa et l'étreignit à nouveau et on aurait dit qu'il lui parlait à l'oreille et tous les hommes présents à ce moment-là pensèrent comme moi qu'il avait bel et bien, lui, perdu la tête. Un avion russe nous survola en battant des ailes, on emmena le survivant et quelques jours après Collins me confia dans un accès de désespoir, le seul qu'il me montrât jamais : « Nous étions tous fatigués, on ne voyait plus devant nous, et j'avais peur de moi. » Il s'interrompit, son désespoir montait, je détournai mon regard, et lui dans un souffle : « J'ai un fils et mon Dieu je vous jure qu'il avait ses yeux. »

J'étais encore devant la fenêtre et la sentinelle qu'on avait relevée s'éloignait dans la nuit. Celui qui restait se mit à siffler. Je me penchai pour le voir. Il se tenait immobile dans l'embrasure de la porte. J'avais déjà entendu cet air.

Nous roulions vers Dinslaken où le régiment de Collins venait d'être affecté. Il tombait une pluie d'été, le soleil la traversait, elle lavait la route et les bâches des camions, elle me berçait aussi. McFee conduisait en sifflotant tout bas. À côté de lui Collins observait les champs. J'étais assis à l'arrière. Depuis un mois la guerre était finie. Les routes étaient bien dégagées, des ruches se dressaient au milieu des prairies en fleurs. Peut-être à cause de la pluie qui me berçait, des flots d'images me revenaient comme dans un rêve. Soudain je me penchai vers Collins et lui dis dans un demi-sommeil et sans vraiment réfléchir :

« Collins, qu'est-ce que nous avons vu là-bas ? »

Collins ne bougea pas et ne dit mot, comme s'il n'avait pas entendu ou réfléchissait, et au bout d'un moment McFee se tourna rapidement vers lui, bougea les lèvres et je vis une veine vibrer sur sa tempe et il y eut encore un long silence, à part la pluie, et soudain :

« Vous voulez mon avis, mon colonel ?

– Vas-y !

– Ce qu'on a vu, je crois que… »

Il n'alla pas plus loin, il se mit à conduire avec une attention nouvelle, jetant des regards à droite à gauche et nous attendions, Collins et moi.

« En fait je ne sais pas, mon colonel. »

Il secoua la tête et répéta :

« Non je ne sais pas. »

Collins dit :

« Comme nous tous, garçon. Ne t'en fais pas. »

McFee jeta d'autres regards à droite et à gauche, plus longs cette fois, et d'une voix qu'il cherchait à contenir :

« Je suis à moitié juif par ma mère, mon colonel. »

Collins se tourna vers lui, soudain la pluie s'arrêta, de la vapeur montait des champs. Deux chevaux levaient la tête vers nous. Du camion qui nous précédait, les hommes soulevaient la bâche et regardaient vers le ciel. McFee haussa les épaules et, jetant lui aussi un œil vers le ciel :

« Ça ne me dérangeait pas de rouler sous la pluie. Chez moi c'est presque tous les jours, on dirait la mer. Je n'invente rien, mon colonel, je vous jure, quand il pleut on dirait la mer. »

Collins murmura :

« On te croit, McFee, on te croit. »

Sur quoi McFee ouvrit la bouche pour dire quelque chose, eut un sourire et retourna à sa conduite nonchalante. Le soleil entrait dans la voiture et nous éblouissait. Dans l'herbe haute des champs les ruches ressemblaient à des villes.

Une heure après, une heure pendant laquelle il n'avait rien montré, sifflotant même par instants, McFee ralentit puis stoppa, serra le frein et, après avoir murmuré à Collins deux trois mots, sortit de la voiture et, nous tournant le dos, croisa les mains derrière la nuque et ses épaules en tremblant ressemblèrent à deux animaux apeurés. Comme la voiture de Collins occupait toujours le centre du convoi lorsque son régiment se déplaçait, la moitié des camions et des blindés légers s'éloignait sur la route tandis que l'autre moitié avait stoppé et attendait derrière nous. Mille hommes qui s'en allaient sous le soleil après la pluie et mille qui attendaient que McFee retrouve son calme.

À présent, McFee était rentré chez lui avec les premiers démobilisés et je me demandais si en ce moment même il dormait ou s'il entendait la pluie tomber comme la mer. Je me demandais s'il avait raconté les mêmes choses à son père qu'à sa mère et je me souvenais de l'avoir pris en photo devant la voiture quelques jours avant son départ, et je me demandais si quelqu'un à part moi, en regardant cette photo, lirait dans son regard ce qu'il avait vu. Au moment où je déclenchai, il avait l'air heureux, il rentrait chez lui.

La sentinelle s'arrêta de siffler, s'avança dans la rue, jeta sa cigarette et revint vers la porte. D'un immeuble sans façade montait une petite flamme jaune. Des silhouettes s'affairaient autour et, tandis que je cherchais à les distinguer dans la nuit, une idée que j'avais eue en Bavière, puis abandonnée, me revint. Je la creusai pour m'occuper. Je balançais intérieurement. J'allais encore l'abandonner en la mettant sur le compte cette fois de l'insomnie lorsque j'entendis Collins se lever et arpenter sa chambre. J'hésitai puis m'approchai du mur. « Je peux venir, Collins ? » Et lui : « Venez ! » J'enfilai mes chaussures et sortis dans le couloir. Il m'ouvrit. Sa fenêtre donnait sur la cour, elle était plus sombre que la mienne. Une lampe de chevet brillait par terre. Il s'assit sur son lit, je pris une chaise. Il s'épongea le cou avec une serviette.

« J'ai besoin de vous, Collins, j'ai besoin d'une voiture.

– Pour rentrer chez vous ? »

Il me regardait d'un air ahuri.

« Non, pour aller les photographier. Si vous ne pouvez pas, tant mieux, demain je m'en vais. Je vous enverrai mes photos. On s'écrira. Vous me direz ce que vous en pensez. Vous m'enverrez les vôtres. »

Collins secouait la tête, il riait presque.

« Je n'ai rien compris. De qui est-ce que vous parlez ?

– Des gens de ce foutu pays, Collins, je voudrais aller les photographier devant chez eux.

– Pour quoi faire ?

– Je n'en sais rien encore. »

Il rit franchement.

« Je suis comme vous, moi aussi je débloque quand je ne dors pas. »

Il tendit la main vers la fenêtre.

« Et pourquoi pas ceux d'ici, il y en a plein les rues. Venez au gymnase, vous en verrez des pas ordinaires. Pourquoi aller si loin avec une voiture ? »

Il respirait mal, je répondis :

« Je ne sais pas encore, Collins. »

Il dit gentiment :

« Alors rentrez chez vous. »

Il me dévisageait, soudain il cligna des yeux, et d'une voix lente :

« Nous devrions tous rentrer chez nous. »

La lampe de chevet par terre baissa d'intensité quelques instants et à nouveau nous éclaira par en dessous. Collins commençait à bouger la tête d'avant en arrière, l'air de plus en plus soucieux. Je voulus m'en aller. Une lueur de souffrance passa dans son regard.

« Attendez, on n'a pas tout vu. Ça commence à arriver. Dans des fosses à la mitrailleuse, des milliers. L'Ukraine, c'est un cimetière. Et qui les creusait les fosses ? »

Il se tut, et dans un murmure :

« Alors pendant qu'ils creusaient à quelle vitesse battaient leurs cœurs ? »

Je pouvais voir sa poitrine se gonfler. Son regard passait à travers moi, puis retrouvant un peu de force il dit comme pour lui-même :

« Vous voulez les photographier et vous ne savez pas pourquoi. »

Il souriait vaguement. Je ne disais rien. Il reprit la serviette et s'épongea les tempes.

« Vous ne verriez rien, j'en suis sûr. Ils sont ce qu'ils sont et je voudrais les oublier. »

J'attendis un moment et me levai.

« Essayons de dormir. »

Revenu dans ma chambre, j'allai à la fenêtre. Dans l'immeuble effondré la petite flamme brillait encore, mais plus personne ne s'affairait autour. En bas la sentinelle avait posé sa tête contre l'encadrement de la porte et semblait dormir. Au-dessus du fleuve, je reconnus quelques étoiles.

Je me levai tard. Pas un bruit, Collins et ses officiers étaient depuis longtemps partis au gymnase municipal. Dans le couloir, deux femmes pliaient un drap. Je descendis aux cuisines et demandai du café.

De l'autre côté de la table le gros homme qui m'avait servi continua d'éplucher des pommes de terre. Il était une sorte d'homme à tout faire. Nous n'avions jamais échangé une seule parole. Par moments il me considérait rapidement, impénétrable comme s'il lisait l'heure sur une horloge. Je ne voyais jamais aucune expression dans son regard, ni ce matin ni les autres jours. Il y avait quelque chose de dégoûtant dans ses yeux vides. Je ne l'avais jamais entendu parler.

Devant l'hôtel, la sentinelle cherchait de l'ombre. Je descendis la rue jusqu'à la place du théâtre où se dressaient des baraques en tôle et en bois et m'engageai dans l'avenue qui allait vers le Rhin. Partout on empilait des briques. Une poussière blanche flottait d'un trottoir à l'autre, se mêlant à la fumée des feux qui brûlaient pour la cuisine. On vendait, sur des draps, ce qu'on avait sauvé des flammes. En longues files on attendait avec des seaux devant un tuyau d'eau et des vieillards somnolaient dans des fauteuils en osier. Le fleuve apparut, bleu foncé, aussi large qu'un estuaire.

Sur la berge où j'allais d'habitude, on équarrissait un cheval. Je m'éloignai et m'assis sur une grosse pierre. Le fleuve avançait et toutes sortes de choses flottaient et descendaient avec lui emmêlées les unes aux autres. Je sortis l'appareil, regardai par le viseur ces grands radeaux et, comme j'avais décidé de m'en aller, j'appuyai sur le déclencheur pour me rappeler ce dernier jour.

En remontant l'avenue sous le soleil de midi, ma décision prise, je me sentais soulagé d'un poids. Devant le gymnase, les deux sentinelles écoutaient sans rien comprendre une femme habillée comme un dimanche. Lorsque je passai à côté d'eux, elle m'attrapa le bras et s'adressa à moi. Je lui fis non de la tête, me dégageai et entrai. Assises à des tables de restaurant, des secrétaires allemandes tapaient à la machine. Des officiers français et britanniques fumaient penchés sur une carte. Au fond, sous la plus grande fenêtre, Collins assis à son bureau les mains derrière la nuque parlait à un sergent, et lorsque ce dernier s'en alla je m'approchai pour annoncer que je m'en allais et lui demander si j'avais droit à une place dans un avion de transport. Collins souriait et secouait la tête.

« Ils veulent que je pende le procureur et je suppose qu'il le mérite, mais moi je ne le fais pas, ça. Dans les règles ou pas, ils le feront pendre ailleurs. »

Puis dans un éclat de rire :

« J'ai fait téléphoner que je n'avais pas de charpentier dans mon régiment. Ils ne le croiront pas mais ça m'est égal. »

Il ramena les mains et se frotta les joues.

« Bon sang, je n'ai pas dormi longtemps, pas eu le temps de me raser mais j'ai trouvé votre voiture, dommage que McFee soit parti. Venez ! »

Je le suivis vers trois plantons adossés le long du mur, vêtus d'uniformes neufs aux galons de deuxième classe.

Apercevant Collins, ils se redressèrent. Collins demanda au premier :

« Comment tu t'appelles, garçon ?

– O'Leary, mon colonel.

– Combien de temps que tu es là ?

– Deux semaines, mon colonel.

– Tu sais conduire ?

– Oui.

– Il y a une voiture derrière le gymnase, fais-la tourner un peu et trouve aussi un drapeau à accrocher dessus.

– Quel drapeau, mon colonel ?

– Du Monténégro, garçon, pourquoi pas ? »

Les deux autres plantons éclatèrent de rire. O'Leary grimaça et ses yeux roulèrent. Collins souriait de bon cœur.

« On va te faire une feuille de route, tu seras détaché pour quelques jours. N'oublie rien, arme et bagage, garçon, et dis à ton chef de compagnie de venir me voir. »

O'Leary se mit à rougir et Collins allait encore lui dire quelque chose, mais on entendit crier. C'était la femme dans sa belle robe, elle avait réussi à entrer et suppliait les deux sentinelles qui la repoussaient vers la porte. Collins se tourna vers eux et lorsque la voix commença à faiblir il s'éloigna vers son bureau, me laissant là avec O'Leary qui me fixait, cherchant à comprendre qui j'étais et mon Dieu qu'est-ce que c'était cette histoire de drapeau.

Je sortis du gymnase avec O'Leary pour aller voir la voiture. On tourna autour. Il ne savait pas comment s'adresser à moi et semblait effrayé par cette grande voiture vert pâle qui brillait. Il ouvrit la portière, s'assit au volant et y resta un moment sans bouger puis leva sur moi un regard plein d'incompréhension.

« On va s'en aller ?

– Oui. »

Il mit le point mort, serra le frein et démarra. À nouveau il me fixa. Ses cheveux étaient coupés si court que je voyais son crâne.

« Et où est-ce qu'on va aller ? »

Je lui répondis comme à moi-même :

« Je n'en sais rien encore. »

Il coupa le moteur et tandis que nous retournions vers le gymnase je lui expliquai que je n'étais pas officier mais photographe. Il ne comprit pas davantage ce qu'il se passait mais parut se détendre. Je le laissai à l'entrée. M'éloignant, j'entendis courir derrière moi.

« Quel drapeau, monsieur ?

– Anglais. »

Il repartit vers le gymnase légèrement voûté. À l'hôtel, je croisai le gros homme à tout faire dans le couloir et lui dis que je partais plusieurs jours. Son regard insondable me traversa. Ça m'était égal qu'il ait compris ou pas.

Dans la chambre je préparai mon sac et m'allongeai sur le lit, couvert de sueur, jusqu'au moment où un avion qui volait bas me rendit vaguement triste, et tandis que ses moteurs s'éloignaient je fermai les yeux et décidai d'attendre une heure au moins, le temps pour O'Leary de trouver le drapeau. Je m'endormis et rêvai aux bâches avec lesquelles nous avions recouvert les morts, cette nuit-là, et dans mon rêve elles se soulevaient et nous pensions que c'était le vent et nous avions beau planter les piquets elles se soulevaient encore. Nous les retenions avec nos mains de toutes nos forces mais une force plus grande continuait de les soulever et chacun au fond de lui savait que c'étaient les morts qui poussaient avec leurs jambes grises.

Je me réveillai en sursaut, pris mon sac et retournai au gymnase en songeant à ce rêve qui ne variait jamais sur le fond. Il y avait continuellement ce problème de bâche avec laquelle nous ne parvenions pas à recouvrir correctement les morts, et les raisons de ces échecs, nous les inventions. Il y avait le vent, les piquets qui se brisaient, il y avait toujours quelque chose parce que personne n'osait dire que c'étaient les morts qui poussaient avec leurs jambes.

Je voulais voir Collins avant de m'en aller. Il n'était plus là. O'Leary m'attendait appuyé à la voiture, le fusil à l'épaule. Il avait coincé le drapeau dans l'une des vitres arrière. Il m'ouvrit le coffre. J'y rangeai mon sac avec le sien, entre une caisse pleine de rations, trois jerricans et deux couvertures réglementaires.

« Le fusil, qu'est-ce que j'en fais ? Dans le coffre ou à l'arrière ?

– Comme tu veux. »

Il le posa à l'arrière et regarda autour de lui. Lorsqu'on fut dans la voiture, il se tourna vers moi. Une veine battait sur sa tempe.

« Dites-moi où je dois aller.
– Essayons déjà de sortir d'ici. »
Il démarra et, tandis qu'il manœuvrait :
« D'où tu viens, O'Leary ?
– Ma mère habite vers Lowestoft. »

On laissa le gymnase derrière nous, il s'engagea dans une rue qui avait l'air ouverte jusqu'au bout et roula au pas entre les piles de briques. Je demandai : « Lowestoft, c'est vers la mer, non ? » Il répondit : « Oui, monsieur, c'est au bord. » On descendit les vitres. L'air chaud entra, mêlé à une odeur de brûlé. On s'éloignait du centre et il arrivait maintenant qu'une maison se dresse presque intacte entre deux tas de pierres et de fers à béton, puis il y eut des hangars, un moulin à eau, des baraques en bois et soudain plus rien, on roula entre des champs et des vergers. En haut d'une côte on vit une dernière fois le Rhin. Au loin devant nous il y eut un éclair de chaleur.

O'Leary conduisait au milieu de la route, attentif, réduisant la vitesse à l'approche des trous et les évitait presque tous. Le drapeau en partie décroché battait contre la vitre. Nous roulions entre des champs vides et là où nous allions l'horizon se couvrait.

« Si vous n'êtes pas un officier, je peux vous poser des questions.

– Tu peux, oui.

– Vous ne savez pas où on va, d'accord, mais puisqu'on y va quand même il y a une raison, non ? »

Il n'y avait pas d'ironie dans sa voix, mais de la curiosité et une lueur d'inquiétude. À ce moment-là le drapeau s'arrêta de battre, je me tournai, il avait disparu. « Arrête-toi ! » Je le retrouvai dans un buisson, le pliai et le rangeai à l'arrière. On repartit, et un peu après :

« Pardon, mais la raison alors ? »

J'hésitai, et puis :

« Mon travail, O'Leary, je vais photographier. »

Il eut un hochement de tête assez vague, ensuite il surveilla la route et le ciel où de gros nuages s'avançaient, éclairés par la foudre. O'Leary commençait déjà à ralentir et, d'une voix rêveuse :

« Celui-là, c'est pas un orage comme un autre, je crois qu'on devrait s'arrêter. »

On aperçut des toits, assez loin encore. L'orage éclata au moment où on s'en approchait et O'Leary gara la voiture sous l'avant-toit d'un hangar à foin. On resta chacun de notre côté à écouter la pluie et lorsque l'orage s'éloigna on attendit encore, puis le soleil revint derrière un nuage de vapeur.

De la maison en face du hangar une femme sortit sur le pas de la porte et, lorsqu'elle nous aperçut, retourna dans la maison. Un peu après un homme d'un certain âge apparut. Je descendis de la voiture, il s'approcha à travers la vapeur et parla d'une grosse voix étonnée, mais je l'interrompis et sans doute reconnut-il cette langue étrangère car il me considéra comme s'il n'avait jamais rien vu et se croisa les bras. Alors que je n'avais pas pensé à le faire ici, je sortis l'appareil de ma poche et lui expliquai par des gestes mon intention de le photographier, lui et sa famille. Il haussa les épaules et retourna d'un pas lent vers sa maison. Pendant un instant je me demandai comment faire, puis me penchai vers la voiture.

« Viens, O'Leary, et donne-moi ta feuille de route. »

Il descendit de la voiture, me tendit une enveloppe marron et je rejoignis l'homme devant sa porte, ouvris l'enveloppe et lui mis sous les yeux la feuille à en-tête militaire. Il se pencha dessus, releva la tête, aperçut O'Leary et rougit un peu. À nouveau, par des gestes, je lui expliquai mon intention. Il jeta un regard vers le ciel, se tourna et appela de sa grosse voix. La femme sortit, il lui murmura quelques mots, elle était beaucoup plus jeune que lui. Je me reculai, leur fis signe de se tourner vers moi et au moment où j'allais prendre la photo une fillette en robe brodée apparut à la porte. D'une voix douce l'homme lui parla et la fillette commença à s'en aller. Je fis comprendre qu'elle devait se mettre entre eux deux. L'homme lui tendit la main, et lorsqu'elle fut à sa place j'appuyai sur le déclencheur. La femme et la fillette rentrèrent aussitôt, l'homme ne bougeait pas. En retournant vers la voiture je m'aperçus que je tremblais un peu et qu'il faisait moins chaud.

On retrouva les champs vides et bientôt il ne resta plus une trace d'eau sur la route. O'Leary laissait sa main voguer dehors. On commençait à voir la ligne bleutée d'une forêt.

« Moi je suis dans les transmissions, mais conduire j'aime autant. »

Le jour baissait lorsqu'on entra dans la forêt. De grandes fougères poussaient de chaque côté de la route, les arbres montaient si haut qu'il faisait presque nuit. On dépassa un camion chargé de bois. O'Leary s'arrêta et chercha comment allumer les phares. Le camion nous frôla dans un souffle. On repartit et c'était étrange cette ligne droite entre les arbres, les phares semblaient l'éclairer jusqu'au bout, mais le bout on ne l'atteignait jamais.

La route se divisa en plusieurs plus étroites, on prit celle du milieu, mais assez vite elle devint un chemin forestier. On retourna sur nos pas. Revenu au croisement, O'Leary demanda :

« Qu'est-ce que je fais, laquelle, maintenant ? »

Je sortis de la voiture, j'entendais des centaines de grenouilles, la nuit était profonde. Je me penchai vers O'Leary. « Autant rester ici. » Je lui montrai un endroit dégagé entre les arbres. Il manœuvra dans les fougères et éteignit les phares. J'étais encore sur la route, je pensais à la fillette et à sa robe brodée. O'Leary vint vers moi, le fusil à l'épaule.

« Tu as peur qu'on te le vole ?

– Non je n'ai pas peur. C'est le règlement. »

On retourna à la voiture. Assis sur le rebord du coffre, on ouvrit les rations. O'Leary mangeait d'un air songeur, jetant des regards vers le ciel qu'on percevait à peine entre les arbres. Il but à sa gourde et me la passa. L'eau était tiède. Le concert des grenouilles ne s'arrêtait pas.

« Ce matin on discutait entre nous au gymnase, on disait on n'a pas fini de s'emmerder, demain qu'est-ce qu'on va faire ? Et maintenant je mange ici et on a moins chaud. Je vais dormir dehors à côté de la voiture. Je me ferai un matelas avec les fougères. Ça ne me dérange pas. À Lowestoft où j'habitais j'allais dormir dans les dunes. »

Il regardait ses chaussures et parlait pour parler, je le sentais.

« On t'a appelé ou tu t'es engagé ?

– Engagé, mais je voudrais vous demander, la photo tout à l'heure, c'est pour quoi faire ?

– Pour rien de particulier, comme ça.

– À Lowestoft quand j'allais dormir dans les dunes je regardais la mer, comme ça aussi. »

On but du jus de raisin en boîte. La nuit pleine de chants me consolait. On se prépara pour dormir. O'Leary coupa avec son couteau une grande quantité de fougères et y étendit sa couverture. Je m'allongeai à l'arrière, le sac sous ma tête, les jambes repliées, et par la vitre entrouverte je demandai :

« Comment ça va ton matelas ?

– Plutôt bien. Bonne nuit, monsieur.

– Toi aussi, O'Leary. »

Je fermai les yeux et, songeant au rêve que je faisais des morts sous les bâches, me demandai si à cause de l'inconfort de la voiture nous aurions encore plus de mal cette nuit à les en recouvrir. Je me demandai quel problème nous aurions cette fois, et pourquoi aussi dans mon sommeil seul ce moment-là revenait, et pas les autres. Je veux parler de tout ce qu'on vit là-bas les jours suivants et qui nous donna le même chagrin, et parler aussi de tout ce que je ne pus photographier, la fin du jour, les prières, les odeurs et le vent dans les ordures qui brûlaient le jour et la nuit.

Dans la nuit O'Leary ouvrit la portière et s'allongea à l'avant. Je l'entendis chercher une position et râler. Vers le matin, en rêve, j'essayai désespérément d'attraper mon appareil que j'avais posé la veille à l'avant, avec le fusil d'O'Leary. Ensuite je me réveillai et avec le drapeau essuyai la buée sur les vitres. De partout montait la brume. O'Leary dormait recroquevillé sur le siège du passager.

On déjeuna de biscuits, on but le jus de raisin. Le soleil était trop bas pour le voir. O'Leary tendit l'oreille. « C'est maintenant qu'elles dorment, les grenouilles. J'irais bien leur chanter une chanson. » Il plia sa couverture. « Et le drapeau, qu'est-ce que je fais ? » Je dis : « Plie-le aussi. » Il haussa les épaules. « Alors c'était pas la peine que tout le monde se foute de moi hier au gymnase. Et le Monténégro, qu'est-ce que c'est ? » On eut de la chance, la première route qu'on choisit nous fit sortir de la forêt et traverser des champs de tournesols comme je n'en avais jamais vu, aussi hauts et éclatants. Un ruisseau coulait de mon côté. On dépassa un homme tenant un cheval par la bride. « Arrête-toi, regarde, il y a de l'eau fraîche pour ta gourde. »

On but dans nos mains, il remplit sa gourde, sauta par-dessus le ruisseau et disparut dans les tournesols. L'homme arrivait avec son cheval. En un instant le soleil se détacha du champ. Le ruisseau coulait sans bruit. Tout ce qu'on entendait, c'était les fers des sabots sur la route comme des secondes qui sonnent. Au moment où l'homme déviait pour contourner la voiture, O'Leary réapparut entre les tournesols et en le voyant l'homme poussa une sorte de cri, comme un râle, et, lorsque O'Leary d'un bond enjamba le ruisseau, il baissa la tête et s'éloigna comme si le cheval le poussait. Battues par les fers les secondes continuèrent de s'égrener, de plus en plus faiblement, et comme s'il avait attendu qu'on ne fût plus que tous les deux O'Leary tendit une main vers le jaune éclatant. « Moi à votre place je le photographierais. » Je fis un vague geste de la tête et dis : « Et toi, le règlement, c'est un jour sur deux. » Je parlais pour plaisanter de son fusil qu'il avait laissé dans la voiture en allant pisser au milieu des tournesols. Il le comprit, soupira avec gêne, puis d'une voix légère, cherchant lui aussi à plaisanter : « La guerre est finie. » Je frémis d'un drôle de frémissement et dans mon trouble j'eus l'impression qu'il avait quitté sa mère et les dunes de Lowestoft et traversé la Manche pour me le dire ici devant le ruisseau qui coulait sans bruit à nos pieds.

En haut d'une côte une maison basse se dressait entre deux tilleuls. Un chien dormait devant. O'Leary arrêta la voiture, coupa le moteur et mit sa casquette. Le chien souleva la tête, mais pas dans notre direction. À peine étions-nous descendus qu'ils apparurent à la porte et pendant un moment ne firent rien puis vinrent vers nous si lentement qu'ils avaient l'air de partir pour longtemps. Ils étaient très vieux tous les deux. Elle s'approcha d'O'Leary, l'observa longuement, leva la main comme si elle allait lui caresser la joue et retourna vers la maison. Lui, il me fixait avec ses yeux humides de vieillard. Le chien poussa un soupir. O'Leary s'était adossé à la voiture. Le vieux s'approcha de lui, posa une main sur ses galons de deuxième classe et l'autre main sur son propre bras pour dire sans doute qu'il avait été un jour lui aussi un soldat de deuxième classe. O'Leary retira sa casquette pour faire quelque chose. La femme était ressortie de la maison et nous appelait. Un peu après, le vieux nous rejoignit devant la porte pendant que nous commencions à boire le café dans des tasses. Le chien ronflait. Le soleil nous venait droit dessus.

Lorsque je sortis l'appareil et leur montrai comment se tenir ils n'eurent presque pas l'air surpris, ils se rapprochèrent, se touchèrent l'épaule et pouffèrent en silence, semblant se moquer l'un de l'autre. Je me reculai, pris la photo, et on se dit au revoir. On retourna à la voiture, O'Leary manœuvra et à peine eut-il retrouvé la route qu'il freina pour laisser passer une oie, toute seule.

Il y avait à l'entrée de la rue principale une maison blanchie à la chaux avec des fleurs sur le rebord des fenêtres. O'Leary s'était garé près d'une voiture couverte de poussière. Je sortis et allai frapper à la porte. J'attendis, frappai encore, passai derrière la maison et revins sur mes pas. Une femme avec des bottes en caoutchouc faisait face à O'Leary. En m'entendant, elle se tourna. Elle était jolie malgré ses yeux cernés et eut l'air soulagée de me voir. Je lui dis bonjour en allemand. Elle me répondit bonjour et attendit en se passant la main dans les cheveux, souriant d'un sourire indéchiffrable. O'Leary ôta sa casquette, la posa sur le volant, prit son fusil à l'arrière et s'éloigna vers la route.

La femme me dit quelques mots, je sortis l'appareil de ma poche et désignant la maison comptai sur mes doigts. Elle secoua la tête, je ne savais pas si elle me disait qu'elle était toute seule à habiter là, ou si elle ne m'avait pas compris. Elle me suivit jusque sur le seuil où je recomptai à nouveau sur mes doigts. À nouveau elle secoua la tête, et sa poitrine se soulevait si vite qu'elle semblait avoir couru. Je lui montrai comment se tenir devant la porte. Elle murmura quelques mots et je m'éloignai. À ce moment-là O'Leary revenait dans la cour en buvant à sa gourde. Au bord de la route, deux jeunes garçons nous observaient. Je pris la photo, cadrant à la va-vite comme les précédentes, remerciai d'un signe de tête, retournai vers la voiture, et tandis qu'ensuite O'Leary manœuvrait pour sortir de la cour la femme ne nous quitta pas des yeux. Les deux garçons s'écartèrent pour nous laisser passer.

On remonta la rue entre les façades blanchies et j'aurais pu frapper aux portes mais on continua à rouler et ce furent les champs vallonnés et au fond des vallons des roues à vent, un sapin, des abreuvoirs, trois sapins. O'Leary conduisait d'un air pensif et par moments se tournait vers moi.

« Qu'est-ce que tu veux savoir, O'Leary ?

– Rien, monsieur, mais je pense que sans carte nous allons tourner en rond. »

Je me penchai pour nous orienter avec le soleil, mais il indiquait bientôt midi. Je demandai :

« Tu te souviens où on avait le soleil depuis ce matin ?

– De votre côté le plus souvent.

– Alors continuons comme ça vers le nord, et dis-moi, O'Leary, qu'est-ce que tu fais dans les transmissions ?

– On tire des fils, on installe des téléphones de campagne, on apprend les codes et quand les codes changent on apprend les nouveaux. »

La route plongeait et remontait. Au fond des vallons les roues à vent tournaient et des bêtes buvaient dans les abreuvoirs.

« Je veux dire qu'on s'est entraîné, pas qu'une fois, tous les jours, on en a tiré des kilomètres de fil, et je crois qu'en en faisant un seul il irait d'ici jusqu'à Lowestoft, chez moi, facilement.

– Tu pourrais téléphoner à ta mère. »

Il ne répondit pas tout de suite, il s'était mis à rire tout bas.

« Le téléphone, c'est dans les dunes que je l'aurais mis, où j'allais dormir.

– Pour t'appeler toi-même ? »

Sa voix vibra, pleine de surprise :

« Oui, monsieur, exactement.

– Et qu'est-ce que tu te raconterais ? »

Il me jeta un regard, et presque à voix basse :

« Pas mal de choses, sûrement. »

Il se tut, rêveur, puis à nouveau se tournant vers moi :

« Mais ce qu'on dit c'est comme ça, ça ne veut rien dire.

– Non, O'Leary, ça ne veut rien dire. »

Je commençais à somnoler. Je sentais tous les soubresauts de la voiture, les virages, l'éclat du soleil qui passait d'un côté et de l'autre, et dans mon demi-sommeil la femme se tenait encore devant sa porte, sa poitrine battant à toute vitesse.

« On s'est entraîné pour rien. »

J'ouvris les yeux.

« Pourquoi ? »

« Quand on est arrivé, c'était fini. On n'a pas eu besoin de nous. J'ai tiré sur personne et personne ne m'a tiré dessus, mais qu'est-ce que j'en bouffe, des rations de combat. »

Il rattrapa une voiture avec un matelas sur le toit.

« Je crois que j'ai un peu faim.

– Arrête-toi quand tu veux. »

Il commença à surveiller les alentours. Lorsqu'il se tournait de mon côté il semblait ennuyé, comme si le soleil le gênait, mais le soleil était passé de son côté depuis un moment.

« Quoi, O'Leary ?

– Rien, monsieur. »

Il laissa passer un instant, son sourire était très mince, je le vis cependant.

« Je ne vous demande pas pourquoi vous faites toujours les mêmes photos. »

Soudain il ralentit, roula au pas, s'engagea dans un chemin bordé d'arbres et s'arrêta devant un étang d'un vert profond.

O'Leary mangeait en se promenant au bord de l'étang. Assis sur une souche, je regardai le ciel se refléter sur l'eau verte jusqu'au moment où O'Leary y jeta une pierre. Je me levai, allai prendre un biscuit dans le coffre et le mangeai tourné vers la route. J'entendais les pierres tomber dans l'eau et d'invisibles oiseaux chanter. O'Leary revint et posa son fusil à l'arrière.

« Si c'était le soir on dormirait ici, au bord de l'eau.

– Il est loin le soir. Tu as vu des poissons ?

– Pas l'ombre.

– Tu leur as fait peur. »

Il faisait du bruit avec sa bouche.

« C'est la première fois que je bois du café sans sucre. J'ai encore le goût.

– De quoi est-ce que tu parles ?

– Le café qu'on nous a donné ce matin. »

Je demandai :

« Combien de temps on peut rouler avec le réservoir et les jerricans ?

– C'est difficile à savoir. Peut-être longtemps. Mais il faut prévoir le retour. Ça fait deux fois moins longtemps. »

Il l'avait dit d'une voix sérieuse mais souriait. On retourna dans la voiture. Pendant qu'il manœuvrait dans le chemin, je sortis la pellicule de l'appareil et en installai une autre.

« Mon père avait presque le même.

– Comment ça, presque ?

– Je ne sais pas, il y a longtemps que je ne l'ai pas vu. »

Je ne compris pas s'il parlait de son père ou de l'appareil photo. On retrouva la route. Suivant la position du soleil on allait plus ou moins toujours vers le nord.

On ne voyait plus une seule maison, une seule ferme, même au loin, mais un peu partout, dépassant des herbes hautes, des dizaines de ruches peintes de toutes les couleurs. Depuis un moment, O'Leary jetait des regards sur les côtés.

« Je peux m'arrêter ? »

Il se gara, descendit de la voiture et grimpa dans le champ. Arrivé à quelques mètres des premières ruches, il commença à frapper dans les mains. Il s'approcha encore en poussant des cris, sembla hésiter, puis redescendit en courant, prit son fusil à l'arrière et repartit. Revenu devant les ruches il pointa le fusil vers le ciel et tira. Des oiseaux s'envolèrent d'un peu partout. O'Leary se pencha, attendit un moment puis revint l'air à moitié déçu, à moitié amusé. « Je voulais me passer le goût du café. » On s'en alla. La route montait. Parvenus en haut, nous vîmes la vallée tout entière et, sur les pentes, des toits et de longues fermes, des champs cultivés et des bois de sapins. Au fond une rivière scintillait.

Jusqu'au soir je frappai aux portes. J'eus de la chance. O'Leary n'y était jamais pour rien. Son uniforme agissait. Les hommes et les femmes avaient des réactions différentes. Les enfants s'approchaient de la voiture. Les hommes fixaient intensément O'Leary. Lorsque la photo était prise, tous restaient devant les maisons tandis que nous nous en allions. Une vieille femme ouvrit la porte et la referma aussitôt comme si elle venait de voir le diable. Je frappai encore, pour rien. Dans la maison d'à côté ils étaient sept. Il me fallut reculer jusqu'à la voiture pour les avoir tous. Dans une ferme j'entendis du bruit mais on ne m'ouvrit pas. Avant que le soleil descende trop bas on alla se laver dans la rivière. O'Leary entra dans l'eau jusqu'à la taille. Il était maigre. L'eau était froide, on tremblait.

On se sécha avec les couvertures. On ouvrit des rations. Après avoir mangé, O'Leary laissa partir une des boîtes vides dans le courant. J'étais fatigué. Je me demandais ce que valait mon idée, ce soir. J'avais de la peine à réfléchir. Je sortis l'appareil pour voir combien il me restait sur la pellicule. O'Leary me regardait faire. Je lui tendis l'appareil. Il le tourna dans ses mains, mit un œil dans le viseur et me le rendit. Le soleil descendait et nous éblouissait. Je m'allongeai et fermai les yeux. O'Leary demanda :

« On continue demain ? »

Et moi, comme ça :

« Qu'est-ce que tu en penses ?

– Moi, monsieur, si vous parlez de l'essence et des rations, je pense qu'on peut.

– Tu veux dormir ici, on est au bord de l'eau.

– Il n'y a rien autour de nous. On nous verra. »

Le soleil passa derrière l'horizon. Je me redressai. O'Leary se tenait les genoux dans les bras.

« Quand tu dormais dans les dunes tout le monde te voyait.

– Non, personne. »

Il posa le menton sur les genoux.

« Vous voulez savoir ce que je me dirais si je me téléphonais maintenant ? Je veux dire si ce soir j'étais aussi à Lowestoft dans les dunes. »

Il releva la tête et fixa la rivière.

« Je me dirais ça va, je suis en forme et je crois que les rations me font un peu grossir. Je pense que je m'en sors avec la voiture. Je ne comprends pas ce qu'on fait mais ça m'est égal. Je ne m'ennuie pas. Je me suis servi du fusil, c'est la première fois depuis l'entraînement, mais les abeilles sont sourdes. Et toi, là-bas, toujours aussi maigre ? »

Il se mit à rire, se leva et s'avança vers l'eau. Des lumières s'allumaient en haut. On entendait mieux la rivière avec le couchant et je pensais à Collins tout seul aussi avec sa lampe de chevet par terre.

Nous roulions entre le lit de la rivière et un champ de blé. Il n'y avait plus aucune lumière, à part nos phares et la lune sur l'eau. Au moment où O'Leary commençait à chantonner, dans le ciel monta une fusée de feu d'artifice, assez loin au-dessus des blés. « Arrête-toi ! » Je descendis de la voiture. J'attendis et une autre fusée éclata, moins haute. Elle s'éteignit vite et je pensai comme ça, soudain, qu'elle s'était éteinte bien plus vite que la fusée rouge que l'un des hommes de Collins avait tirée un soir comme une prière, éclairant en retombant les morts et les vivants. Elle n'avait pas la même couleur non plus. On remonta dans la voiture. « Repère-toi, essaie d'y aller. » Il regardait devant lui. « Où, monsieur ? » Je répondis : « Ce qu'on vient de voir, la fusée. » On roula le long du champ de blé. Il était immense. Il y eut plusieurs routes. O'Leary ralentit, regarda en arrière et s'engagea dans celle de droite, qui ne mena nulle part. Il arrêta la voiture et me considéra avec gêne. « C'est difficile la nuit. » J'attendais. « Retourne en arrière, refais ce que tu as fait. » Il fit demi-tour. On retrouva le champ. Au jugé je lui indiquai où s'arrêter.

Le blé nous arrivait sous les bras. J'espérais revoir une fusée pour nous diriger. O'Leary marchait derrière moi. Il faisait sombre. La lune était trop basse et O'Leary, dans un murmure : « On va se perdre. » Je me retournai, il me fixa d'un air inquiet. « Je me demande où on va. » On repartit dans un grand silence, à part le bruit des blés qu'on écartait. Des éclats de voix commençaient à monter d'assez loin. On alla vers eux et on entendit chanter.

Nous sortîmes du champ et sautâmes un fossé d'irrigation. De l'autre côté de la route, devant la maison, un feu brûlait dans un tonneau en fer. Des lampes en papier pendaient à un arbre. Une dizaine de silhouettes, certaines vêtues de sombre, d'autres de robes, s'agitaient. Adossée à l'arbre la mariée, coiffée d'une couronne de fleurs, tendait la main vers une lampe en papier. O'Leary, à côté de moi, s'essuyait le front sous sa casquette. « Moi je pense que ce n'est pas une bonne idée. » Les chants cessèrent. Une des silhouettes s'avança et alluma quelque chose. La fusée s'élança mais retomba vite au bord de la route. Celui qui l'avait tirée traversa la cour, s'arrêta devant la fusée et nous vit. Il semblait très grand, très fort. Il était comme un géant dans la nuit. Depuis la maison tous nous observaient à présent. Je m'efforçai de plaisanter, je dis à O'Leary : « N'aie pas peur, viens, c'est toi qui as gagné la guerre. » On s'avança. O'Leary passa la main sous la bretelle de son fusil. « Je n'ai rien gagné du tout. » L'homme ne le quittait pas des yeux. Lorsqu'on fut devant lui il agita la tête et d'une voix forte, comme un ours, appela. Un jeune homme se détacha et vint vers nous. Il portait le même costume noir que le géant. Une belle fleur naturelle ornait sa veste. Je compris qu'il était le marié. L'homme lui parla rapidement. Le marié dit :

« Mon père demande qu'est-ce que vous voulez à une heure pareille ? »

Son anglais était lent mais juste. Je sortis l'appareil de ma poche.

« Je viens vous photographier. »

Le marié traduisit. L'homme, tout en répondant, me fixait. Le marié dit :

« Il demande pourquoi vous sortez du champ, la nuit, pour nous photographier. »

Je dis la première chose qui me vint à l'esprit et que j'avais faite il y avait longtemps dans les îles Scilly pour acheter mon premier appareil photo :

« Pour vous recenser.

– Je ne comprends pas.

– Pour vous compter. »

Le marié traduisit. L'homme éclata de rire, s'adressa à son fils, me dévisagea un long moment et retourna vers la maison.

« Il a dit retournez dans le champ. Nous savons combien nous sommes. »

Lorsqu'il eut rejoint les autres devant la maison l'homme dit quelques mots et tous alors se mirent à rire. Le marié ne bougeait pas, il restait là au bord de la route avec nous. Il demanda :

« Pourquoi vous voulez nous photographier ? »

Je tremblais parce que j'avais peur.

« Suis-moi, O'Leary. »

Le marié dit à voix basse :

« Ne restez pas là. »

Il avait peur lui aussi. Je m'avançai vers la maison. Je pouvais sentir la chaleur du feu dans le tonneau. La mariée s'éloigna de l'arbre et rentra dans la maison avec deux autres femmes. Les hommes s'étaient regroupés. Je me tournai vers la route. O'Leary y était toujours, avec le marié. L'un des hommes s'approcha, désigna l'appareil dans ma main, se passa la main dans les cheveux et prit la pose. Les autres se remirent à rire. Les lampes en papier se balançaient dans les branches. L'homme avec une voix d'ours entama une chanson. Tous la reprirent en chœur et elle me suivit tandis que je m'en allais. Quand je passai devant le marié, il dit :

« Ne retournez pas dans le champ, il est trop grand. Vous allez vous perdre. Prenez la route. »

O'Leary m'emboîta le pas. On traversa la route et on entra dans le champ de blé.

Nous n'étions pas retournés dans le champ par où nous étions venus. Nous n'avions pas la trace dans les blés pour retrouver la voiture. La lune nous éclairait mais nous avancions au hasard. Le ciel était immense, comme le champ. On n'entendait rien. On ne voyait que les blés et le ciel à perte de vue. L'homme à la voix d'ours me riait encore à la figure. J'essayais d'oublier sa chanson. Dix fois j'imaginai une compagnie commandée par Collins débouchant avec moi du champ de blé. Dix fois l'homme à la voix d'ours baissait les yeux.

O'Leary avançait de son côté à quelques mètres. Le fusil à l'épaule, il s'en allait à la chasse.

« Pourquoi tu ne m'as pas écouté quand je t'ai appelé ? »

Il se taisait.

« O'Leary !

– Tout seul, qu'est-ce que je pouvais faire ? »

Sa voix était plaintive. Je m'arrêtai pour regarder autour de nous. O'Leary continuait de son côté. Je l'appelai, il revint, et doucement, comme s'il craignait qu'on nous entende :

« Vous savez où on est ?

– Tu vois bien que non.

– Vous n'êtes pas fatigué ? »

Je ne répondis pas tout de suite.
« Tu veux dormir là ?
– Non, demain ce sera pareil, on sera encore perdu. Mais je veux bien me reposer. »

On s'était assis. Les blés empêchaient de nous voir, mais j'entendais sa respiration. La lune flottait au-dessus de nous. À force de la regarder elle se troubla.
« Vous voulez boire ? »
Il écarta les blés et me passa la gourde. Je bus un peu et la lui rendis. Il but à son tour.
« D'accord, je vous ai dit que je regardais la mer comme ça, pour rien, à Lowestoft. Mais dans le fond c'est pas vrai. C'était pas pour rien. »
Je me forçai à demander :
« Pourquoi alors ?
– Je ne peux pas le dire.
– Comme tu veux. »
Il changea sa voix, elle baissa :
« Vous aussi comme vous voulez.
– Quoi, O'Leary ?
– Vos photos, vous n'êtes pas obligé de dire à quoi ça sert. »
Il s'allongea sur le dos, sa voix baissa encore :
« Peut-être que la voiture est tout près. »
Au bout d'un moment je l'entendis bouger. J'écartai les blés. Il était couché sur le côté, me tournant le dos, il dormait une main posée sur le fusil. Je le réveillai et nous repartîmes à travers le champ. Nous débouchâmes sur la route, très loin de la voiture. Nous l'aperçûmes grâce à la lune qui brillait sur les vitres. Je dormis à l'arrière, O'Leary à l'avant. Cette nuit les morts me laissèrent en paix, ils ne soulevèrent pas les bâches avec leurs jambes. Ou bien ils le firent mais au réveil je ne m'en souvenais pas. Cette nuit je la passai debout dans les blés devant un grand feu d'artifice. Je le revois encore. Il me suffit de

fermer les yeux. Je ne voyais rien à part lui, ni le ciel ni les blés ni la terre et j'avais une envie furieuse de m'en approcher. C'était un terrible et magnifique feu d'artifice. Je pourrais en parler longtemps, je ne sais pas pourquoi.

Le jour entrait dans la voiture. Mon dos me faisait souffrir. Je voulus me rendormir mais les ronflements d'O'Leary m'en empêchaient. Soudain il poussa un cri, dit quelques mots incompréhensibles et ses ronflements reprirent. Je sortis sans faire de bruit, ouvris le coffre et déjeunai de rations et de jus de fruits. On n'entendait rien, pas même un insecte. Le jour se levait mais le soleil était encore loin. Dans le silence je me remémorai le grand feu d'artifice de mon rêve, encore et encore, comme si je le révisais. Voilà pourquoi aujourd'hui je m'en souviens si bien.

Je fis quelques pas sur la route et revins. O'Leary s'était redressé sur le siège du passager. Je ne voyais que son crâne. Par le coffre ouvert je demandai : « Tu as dormi ? » Et lui sans se retourner : « Non, il y a ce trou entre les sièges. J'aurais dû le boucher avec la couverture. » Il se frotta la tête, enfila sa casquette et me rejoignit.

Assis sur le bord du coffre il regardait ses chaussures. « Tu n'as pas faim ? » Il secoua la tête. « J'ai rêvé que j'avais perdu mon fusil. » Je dis : « Si tu as rêvé c'est que tu as dormi. » Il releva la tête. « Pas sûr. » Il but du jus de raisin et nous nous en allâmes. Le jour continuait de se lever. À nouveau nous nous perdîmes. Les routes entre les blés se ressemblaient toutes mais je vis au loin sur notre gauche la maison du mariage, et la dépassant je reconnus, assis sur le seuil, les mains jointes entre ses jambes, le marié. On roula encore cent mètres. « Arrête-toi ! » O'Leary freina et s'arrêta. « Retourne là-bas ! » Il me fixait. Lui aussi avait reconnu la maison et le marié. « Pour quoi faire ? » Une veine battait sous son œil. « Fais ce que je te dis. » Il baissa les yeux. « Vous ne croyez pas qu'il faut le laisser tranquille ? » Je descendis de la voiture et me dirigeai vers la maison. O'Leary arrivait derrière moi. « Non, monsieur, on ne devrait pas y aller. » Il l'avait dit timidement et à voix basse. « Retourne à la voiture, je n'ai pas besoin de toi. » Il s'arrêta, je continuai seul vers la maison. À partir du moment où il nous avait entendus parler, O'Leary et moi, le marié ne me quitta pas du regard.

Lorsque j'entrai dans la cour il se leva. Il avait un air étonné et fatigué. Un peu de fumée montait encore du tonneau. Les lampes en papier pendaient aux branches. « Pourquoi vous revenez ? » Je sortis l'appareil de ma poche. Il se mit à sourire tristement et fixa l'appareil.

« J'y ai pensé encore pendant la nuit, mais je ne comprends pas. »

Mon cœur battait vite et je craignais qu'il le voie.

« C'est ta maison ?

– Oui. »

J'étais sur le point de m'en aller mais je dis en levant les yeux sur une fenêtre de l'étage :

« Va la chercher. »

Il secoua la tête.

« Oh, non, elle dort, s'il vous plaît. »

J'entendis O'Leary entrer dans la cour.

« Toi je t'ai dit d'aller à la voiture.

– Monsieur, laissez-le tranquille. »

Je me tournai et m'écriai :

« Fous le camp, O'Leary ! »

Il ne bougeait pas, il me fixa un moment et baissa les yeux. Je refis face au marié, il s'avança et dit :

« Moi tout seul je veux bien.

– Non, va la chercher ! »

Il regarda de côté et remua les lèvres. Je compris qu'il se récitait d'abord à lui-même ce qu'il allait me dire. Ensuite, parlant à voix haute et lentement pour ne pas faire d'erreur :

« Si vous voulez je prends à boire et nous parlons. Je peux prendre aussi à manger. Mais laissez-la dormir.

– Va la chercher. »

Il se mit à trembler, O'Leary murmura quelque chose dans mon dos. Je voulus m'en aller mais la porte s'ouvrit, la mariée apparut, un drap sur les épaules, ses cheveux étaient dénoués, elle dit quelques mots. Le marié fit non de la tête et me lança un regard rempli de haine.

L'espace d'un instant il ressembla à son père, l'homme à la voix d'ours, puis il s'adressa à sa femme qui retourna dans la maison. Je m'élançai pour la retenir, il me rattrapa sur le seuil, me saisit le bras mais j'étais plus fort que lui. Je le pris par le cou, il se débattit et O'Leary à ce moment-là se rua vers nous et essaya si maladroitement de nous séparer qu'il était impossible de savoir qui de l'autre il protégeait. Moi non plus je ne savais pas contre qui je me battais et soudain par la porte ouverte on entendit la mariée pleurer puis elle vint vers nous sans le drap, en chemise de nuit, et avec des sanglots s'adressa à son mari, lui prit la main et ils se tournèrent vers moi et ne bougèrent plus à part les tremblements du garçon. Je me reculai et les photographiai tous les deux aussitôt qu'O'Leary se fut écarté.

Dans le silence qui suivit, O'Leary ramassa sa casquette qu'il avait perdue, le marié leva les yeux vers les lampes en papier, sa femme posa la tête sur son épaule et moi je quittai la cour haletant de rage. J'allai vite jusqu'à la voiture, m'assis au volant et, au moment où je tournais la clé, une vague impression que j'avais depuis que nous étions partis se mua en certitude. Nous roulions depuis deux jours dans la voiture du procureur de Dinslaken qu'on allait pendre ou qu'on avait déjà pendu et c'était sa femme suppliante et habillée comme un dimanche qui m'avait attrapé le bras devant le gymnase. O'Leary apparut de mon côté, attendit un moment puis fit le tour de la voiture et s'assit à la place du passager.

Un peu avant midi je garai la voiture devant un café. Il y avait quelques maisons de chaque côté de la route, des cheminées d'usine au loin et encore plus loin une ville. O'Leary dormait. Me tournant vers lui pour le réveiller, je vis une griffure sur sa tempe. Je remarquai aussi qu'une barbe clairsemée avait commencé à pousser. Je fermai un instant les yeux et essayai de me souvenir de ce que j'avais vu depuis ce matin depuis la vallée et la maison des mariés. Il ne restait presque rien, vaguement des bois, la rivière, un pont. On aurait dit que tout s'était refermé au fur et à mesure que je le dépassais.

Trois hommes buvaient à une table. Derrière le comptoir une jeune fille et une femme plus âgée étaient penchées sur un magazine. Les hommes baissèrent les yeux, la jeune fille se recula et s'adossa au meuble à bouteilles. Je ne connaissais pas assez de mots, je fis un ou deux gestes, la femme tendit la main vers la table à côté de celle des trois hommes.

La lumière entrait mal à cause des rideaux. Il y avait un oiseau émaillé dans la pendule. On entendait les secondes. O'Leary avait dressé le fusil contre la table, il glissa et tomba dans un grand bruit. La jeune fille sursauta et tandis qu'O'Leary se penchait pour le ramasser elle baissa les yeux et se mit à sourire. Au même moment deux des trois hommes à qui je tournais le dos se levèrent et sortirent. O'Leary posa le fusil sur une chaise et sa casquette sur la table. Cela sentait la cire et l'eau de Cologne. Lorsqu'il croisait mon regard, O'Leary détournait le sien. Depuis la vallée et la maison des mariés nous n'avions pas dit un mot. La femme nous servit une assiette de fromage et des tranches de pain. La jeune fille nous apporta de l'eau.

O'Leary ne mangeait pas beaucoup. Sa griffure avait saigné, je me demandais qui la lui avait faite, le marié ou moi. Dans mon dos l'homme, tout seul à présent, s'était mis à parler d'une voix posée, il ne s'arrêtait pas, mais ni la femme ni la jeune fille ne faisaient attention à lui. O'Leary regardait par-dessus mon épaule et je finis par comprendre que c'était à lui que l'homme s'adressait. Je lui demandai : « Qu'est-ce qu'il dit ? » Il attendit en faisant mine de bien tendre l'oreille, puis à voix basse et sérieuse : « Que sa femme le trompe avec le vendeur de lapins. » Je faillis m'étrangler. L'homme se tut. À nouveau on entendait les secondes. Puis il se leva, passa devant notre table et partit.

Une rumeur montait, un drôle de bruit que je ne reconnaissais pas. O'Leary tournait la tête, cherchant lui aussi d'où il venait. Derrière le comptoir la femme et la jeune fille paraissaient inquiètes. Le bruit venait du côté de la route, mais on ne voyait rien derrière les rideaux. Cela monta encore et on aurait dit maintenant le roulement lointain d'une rivière en crue. O'Leary saisit son fusil et sortit. La femme murmura quelque chose à la jeune fille, et au moment où je me levai elle sortit elle aussi.

O'Leary se tenait devant moi parfaitement immobile. À ma droite il y avait la femme. Les prisonniers avançaient sur la route dans l'éclat du soleil en rangs presque réglementaires et on aurait dit qu'ils respiraient d'une même voix et ils ne regardaient jamais sur le côté et ne fixaient pas la route non plus mais un point invisible à travers le dos de ceux qui les précédaient et ce qui m'avait fait penser à la rivière en crue c'étaient les centaines d'assiettes de gourdes et de quarts en fer-blanc qui s'entrechoquaient et coupaient en deux l'air brûlant. Mais il y avait quelque chose d'étrange, quelque chose qui n'allait pas, et je restai un moment sans savoir quoi avant de m'apercevoir que les prisonniers s'avançaient sans escorte et semblaient aller d'eux-mêmes là où ils devaient aller. J'eus même un instant l'impression qu'il n'y avait qu'O'Leary tout seul immobile avec son fusil à la main pour les emmener. Ensuite j'aperçus à travers les rangs de l'autre côté de la route des uniformes propres et les fusils passés à l'épaule.

Le vacarme de fer-blanc baissait. La poussière retombait. À côté de moi la femme n'avait pas bougé. O'Leary se tourna vers nous, voulut parler, mais la femme s'avança, s'engagea sur la route et y demeura plus d'une minute tournée vers la colonne qui s'éloignait. O'Leary secouait la tête et souriait d'une façon étrange. La femme revint vers nous, jeta un regard à O'Leary et son drôle de sourire, rentra dans le café et on entendit la clé dans la serrure. O'Leary regardait vers le café d'un air perplexe. Puis d'un pas pressé il alla frapper à la porte. Je dis : « Viens, allons-nous-en. » Il frappait de plus en plus fort. On entendait crier de l'intérieur. Il empoigna le fusil pour y aller avec la crosse mais la porte s'entrouvrit, une main apparut et jeta sa casquette dans la poussière. Il la ramassa et la frotta en grimaçant.

« Si vous voulez je vais les chercher.

– Pour quoi faire ?

– Pour les photographier.

– Si tu veux. »

J'allai m'adosser à la voiture. Je savais qu'elles n'ouvriraient plus. Il refit face à la porte et attendit un long moment sans bouger avant de frapper plusieurs fois comme s'il allait chez quelqu'un qu'il connaissait. Puis il se colla à la vitre pour regarder à travers.

« Je ne les vois pas.

– Viens, si elles t'ouvrent je devrai payer le repas.

– Vous pouvez les photographier et pas les payer.

– Viens. »

Il donna un coup de pied dans la porte, se mit à rire très fort et on s'en alla. Il conduisait en laissant sa main voguer dehors. On chercha les routes qui n'allaient pas vers la ville. On traversa des marais où des oiseaux se dressaient sur leurs longues pattes. Il lâcha le volant une seconde.

« Elle est à qui, la voiture ? »

Je dis comme je m'étais dit devant la maison des mariés :

« Au procureur de Dinslaken. Mais on va le pendre ou on l'a déjà pendu.

– Pourquoi ?

– Je n'en sais rien. »

Il se tourna vers moi et on se fixa.

« Regarde la route. »

On laissa les marais et les grands oiseaux derrière nous. O'Leary avait remonté la vitre et conduisait lentement et avec attention. Je fermai les yeux pour me rappeler la vraie rivière en crue. On s'était arrêté. On tendait l'oreille. On regardait vers le ciel parce qu'autour de nous rien n'avait changé. Je demandai à mon frère :

« Qu'est-ce que c'est ?

– Je ne sais pas.

– C'est loin ? »

On courait dans l'herbe. Il venait de pleuvoir. De grands nuages nous suivaient. Je tombai dans l'herbe mouillée. Il m'aida à me relever et on repartit. Il courait plus vite que moi. Le grondement montait et semblait changer.

« Qu'est-ce que c'est ?

– On verra.

– Tu penses que c'est l'orage ? »

On dévala un champ et lorsqu'on fut devant la rivière en crue il me saisit le bras et on se recula. L'eau était grise et épaisse comme si on l'avait mélangée avec de la suie. Le bruit des pierres emportées par le courant était si puissant que nous n'aurions pas pu nous parler. Mais ce n'était ni de l'eau ni des pierres qui coulaient dans la pente. Qu'est-ce que c'était ? Les grands nuages nous avaient dépassés. Ce bruit, qu'est-ce que c'était ? Est-ce que c'était l'eau, les pierres ? On aurait dit que la fin du monde avait commencé là dans le lit de la rivière. Je pris appui sur son épaule, me dressai et lui criai à l'oreille : « Je n'entends plus rien. »

Le chien se traînait sur ses pattes avant. Il roula sur le ballast, parvint à s'avancer encore et tomba dans le fossé. Il était sur le flanc et respirait la gueule grande ouverte. O'Leary répétait : « Je l'ai pas vu, je vous jure que je l'ai pas vu. » Il se tourna vers le passage à niveau. « Il était caché par le wagon. » Il se pencha. « On dirait qu'il n'a pas mal. » Il murmura : « Peut-être que ça va aller. Je vais lui chercher de l'eau. » Il courut vers la voiture, revint avec sa gourde, descendit dans le fossé et mit de l'eau dans sa paume. Couché sur le flanc, le chien ne pouvait pas la boire. Il la lui versa sur les babines et recommença directement avec la gourde. Lorsqu'il l'eut vidée il dit :

« Je vais chercher des rations ?

– Si tu lui donnes à manger il aura soif.

– Qu'est-ce qu'on peut faire ? »

Je commençais à retourner vers la voiture. Il me rattrapa.

« Si on le prenait avec nous ?

– Et après ?

– On le laisse devant une maison. Pourquoi pas ? »

Il se tourna vers moi.

« Si on le prend avec nous, je vous dis pourquoi j'allais dormir dans les dunes à Lowestoft. »

Je ne sus pas quoi répondre, j'avais peur de me mettre à rire et de le blesser. On s'en alla. La route longeait la voie de chemin de fer. Devant la maison du garde-barrière je photographiai l'employé tout seul, les bras croisés, semblant sourire mais il ne souriait pas, c'était sa bouche qui avait quelque chose.

Je photographiai trois familles d'un village qui comptait une dizaine de maisons et des lupins par milliers. Je n'en avais jamais vu autant. On eût dit qu'ici, quand il pleuvait, c'étaient des graines de lupin. Dans la dernière maison, l'homme portait le haut de sous-vêtements militaires. Par instants il souriait, mais son sourire à lui était indéchiffrable. Des sous-vêtements comme ça j'en avais vu sur les cadavres. Sa femme nous donna du pain qu'elle venait de cuire. L'homme et ses enfants nous raccompagnèrent à la voiture. O'Leary roula sur des centaines de lupins. Les enfants essayaient d'attraper les graines qui éclataient et s'envolaient de leurs coquilles.

L'odeur du pain me troubla pendant un moment. Ensuite j'installai une nouvelle pellicule en pensant à Mac Graw qui développerait ces photos-là le soir au journal après ses heures. Et tard dans la nuit, comme nous en avions l'habitude, nous étalerions par terre les tirages pour en discuter, et Mac Graw alors sûrement, en attendant de trouver ses mots dirait : « Je vois. » Et ensuite franchement : « Je vois, mais qu'est-ce que c'est ? » Et moi peut-être : « Je n'en sais rien, Mac Graw. Qu'est-ce que tu en penses ? » Je remis l'appareil dans ma poche. Depuis combien de jours étions-nous partis ? Je fermai les yeux et le chien au fond du fossé m'apparut. Pour O'Leary ce devait être pareil même avec les yeux ouverts.

Vers la fin de l'après-midi nous eûmes le soleil devant nous. Depuis plusieurs kilomètres la route montait. Nous croisions des camions de l'armée qui eux avaient le soleil dans le dos et nous frôlaient dangereusement. De notre côté il y avait le vide. O'Leary mettait sa main en visière et roulait au pas. Les camions ne craignaient pas d'abîmer une grande et belle voiture allemande, pas même de la pousser dans le vide. O'Leary se gara à l'abri en attendant que le convoi fût passé. Avant de repartir je coinçai le drapeau dans la vitre à l'arrière. Un peu après on s'arrêta au sommet de la route. Je m'avançai au bord du vide. Le fleuve apparut au fond de la gorge, et là où le soleil l'éclairait il était d'un bleu incomparable. Sortant de l'ombre des falaises un minuscule canot s'avançait sur l'eau turquoise. L'espace d'une seconde je voulus prendre une photo puis retournai vers la voiture.

Le soleil déclinait. O'Leary regardait sans bouger du côté de la route.

« Tu veux voir le fleuve en bas ? »

Il secoua la tête.

« On prendra les mêmes routes pour rentrer ?

– Je ne sais pas. »

Je pensais à l'eau turquoise et je me demandais si pour celui qui était à bord du canot elle avait aussi cette couleur.

« J'aurais dû le tuer sur le coup.

– Ce n'est pas ta faute.

– Souvent dans les dunes je me disais qu'avec un chien j'aurais été heureux. Je n'aimerais pas me téléphoner maintenant. »

Il ne parla plus. Je retournai voir le fleuve, il était partout dans l'ombre et le canot avait disparu.

Nous redescendîmes la route jusqu'au fleuve et le traversâmes sur un pont métallique. Ensuite ce fut monotone, tout se noyait dans l'obscurité et je pensais au canot, minuscule d'en haut, et soudain je fus assis en face de celui qui le manœuvrait et je lui demandais depuis combien de temps il naviguait sur cette eau paisible et je le regardais dans les yeux et je cherchais à savoir s'il était un homme ou un enfant et je lui demandais qui étaient son père et sa mère mais il plongeait les avirons dans l'eau et son regard me traversait pour voir où il allait. Ce n'était pas un rêve, mais la nuit qui tombait, ma fatigue et le silence d'O'Leary qui me jouaient des tours. Nous vîmes au loin les contours d'un village.

Dans les maisons ce ne devaient être que des bougies qui éclairaient ou des lampes à pétrole. Nos phares faisaient plus de lumière que toutes les fenêtres réunies. On s'arrêta à une fontaine, on but dans nos mains et O'Leary remplit sa gourde. Après le village on n'alla pas loin, il y avait une grange à cent mètres de la route. On s'y dirigea et plus on s'en approchait plus les phares la rendaient habitable. Mais lorsque O'Leary les éteignit elle eut un air sinistre. « Qu'est-ce que tu en penses ? » Il répondit : « S'il y a du foin pourquoi pas. » Il prit son fusil à l'arrière et on alla voir. Un battant de la porte était ouvert. Au moment où on entrait on entendit bouger, puis une forme se dressa et on ressortit en vitesse. Il apparut à la porte avec un chapeau déformé et une barbe grise. La lune derrière nous l'éclairait. Il était vieux et ses yeux brillaient dans l'obscurité. Il se mit à parler. Sa voix ne portait pas loin mais il parlait, parlait et se grattait la jambe. Peut-être à cause du fusil d'O'Leary qu'il aperçut soudain, il se tut d'un coup et ne bougea plus. Je pris l'appareil dans ma poche. « Allume les phares, O'Leary, dépêche-toi. »

Il y avait assez de foin pour tout le monde. Nous y avions étalé nos couvertures et commencions à manger les rations et le pain que la femme nous avait donné. Le battant de la porte était coincé dans ses gonds, on ne pouvait pas le fermer et un peu de la lumière de la lune et des étoiles entrait. Le vieil homme faisait du bruit dans un coin. O'Leary murmura :

« Je ne sais pas si je dors là.

– Pourquoi ? »

Il tourna la tête vers les bruits. Je dis :

« On ne craint rien, il est plus vieux que ton grand-père.

– Peut-être, mais c'est pas lui. Si je vais dans la voiture je peux prendre votre place derrière ?

– Oui, mais derrière aussi on dort mal.

– Mieux que devant, j'en suis sûr.

– Tu dors où à Dinslaken ?

– Dans une école. »

Il prit sa gourde, commença à dévisser le bouchon, s'arrêta, et au bout d'un instant :

« C'est la troisième nuit, cette nuit. »

Il finit d'ouvrir la gourde et me la passa.

Un peu après le vieil homme se tenait devant nous les bras chargés. Du pied il balaya le foin, posa sur le sol en béton un réchaud à alcool, et dessus une casserole noircie. Il ouvrit un sac, craqua une allumette et O'Leary et moi nous penchâmes pour voir à l'intérieur. Il y avait une vingtaine d'œufs au fond. Il alluma le réchaud. De sa poche il sortit un bout de margarine qu'il jeta dans la casserole. Aussitôt et avec une vitesse surprenante il cassa tous les œufs dans la casserole et les battit à l'aide d'une cuillère pendant qu'ils cuisaient. Il éteignit le réchaud et me tendit la cuillère. Je fis non de la tête. Il la tendit à O'Leary. Je dis :

« Non, n'y touche pas. Si les œufs sont trop vieux tu seras malade. Il n'y a pas pire.

– Il va les manger, lui, s'il sait qu'ils sont bons.

– Est-ce qu'il le sait ? Mais toi fais comme tu veux. »

Le vieil homme finit par hausser les épaules, s'assit devant nous, posa son chapeau à côté de lui et mangea patiemment l'omelette de vingt œufs en prenant soin de ne pas salir sa barbe. Par la porte à moitié ouverte je voyais quelques étoiles. O'Leary s'allongea sur son matelas de foin et, lorsque l'autre eut fini son repas et retourna à sa place, il dormait. Je m'allongeai mais gardai les yeux ouverts. Plusieurs fois la flamme d'une allumette éclaira la grange. Je me demandais si avec tout ce foin il faisait attention. J'attendis que l'obscurité dure un bon moment pour fermer les yeux et chercher enfin le sommeil.

Cette nuit encore les morts poussèrent avec leurs jambes grises. Avec les hommes de Collins j'essayais de retenir la bâche. C'était impossible, personne n'avait assez de force mais personne n'avait besoin d'aide, sauf moi. Il me semblait qu'O'Leary n'était pas loin derrière moi et je me demandais pourquoi il ne posait pas son fusil et ne venait pas m'aider. Je me demandais, puisque les morts n'en voulaient pas, pourquoi personne parmi nous ne pensait à lâcher la bâche et à rentrer chez soi. En me réveillant, je roulai sans le faire exprès contre O'Leary. Il se redressa, poussa un cri et se rendormit.

Je me réveillai encore une fois vers le matin. O'Leary ronflait à côté de moi. Je vis dehors l'avant de la voiture légèrement briller et les étoiles pâlir. J'essayai de me rendormir en me demandant ce que donnerait au développement la photo du vieil homme debout dans la lumière des phares, le chapeau dans une main, et de l'autre me faisant le salut militaire.

Le soleil entrait dans la grange. Le vieux était parti. L'air était rempli de poussière. Je sortis et aperçus O'Leary à cent mètres de là au bord de la route, le fusil à l'épaule, à côté d'un homme descendu de son vélo. Il revint pendant que je déjeunais. Je demandai :

« Bien discuté ?

– Oui et non, je lui ai tout le temps répondu oui.

– Peut-être qu'il t'a tout le temps dit que tu avais une sale gueule. »

Il se mit à rire et chercha une boîte de jus de fruits dans les rations mais il n'y en avait plus. Il but à sa gourde et me la tendit. Trois garçons approchaient. Le plus grand avait une dizaine d'années. Ils s'arrêtèrent et nous observèrent. Nous pliâmes les couvertures et versâmes le contenu d'un jerrican dans le réservoir. Les garçons n'avaient pas bougé. Lorsqu'on fut sur la route ils se mirent à courir vers la grange. On roula un moment puis je me tournai vers l'arrière. « Tu as rangé le drapeau hier soir ? » Il secoua la tête. « Non, monsieur. » Je dis : « Alors le vieux est parti avec. » Il demanda : « C'est ma faute ? » Je répondis non.

On retrouva le fleuve où j'avais vu le canot la veille. Ses eaux étaient grises car le ciel se couvrait. Nous allions dans le même sens qu'elles mais bien plus vite. Le soleil disparut, l'eau parut encore plus lente et je ne parvenais pas à la quitter des yeux. Il y avait sur ces eaux un mystère et parfois une barge échouée sur le bord. O'Leary ne parlait pas non plus. Il ne ralentissait ni ne se tournait vers moi à la vue d'une maison même lorsqu'elle se trouvait au bord de la route ou semblait facile d'accès. Il conduisait comme si pour lui aussi, ce jour-là, nous n'avions qu'à descendre le fleuve.

Le cheval était couché en travers de la route. On l'avait dételé et poussé sa remorque sur le bas-côté. Devant nous une autre voiture attendait. Son chauffeur en descendit et rejoignit l'homme et la femme penchés sur le cheval qui cherchait à soulever la tête. Les premières gouttes tombèrent et d'un seul coup tout s'assombrit et ce fut un torrent. À peine si l'on vit le chauffeur retourner à l'abri dans sa voiture. L'homme, la femme et le cheval avaient disparu derrière toute cette eau. O'Leary coupa le moteur. Nous n'entendions que la pluie sur le toit de la voiture. O'Leary dit au milieu du vacarme : « Un jour il a plu comme ça dans les dunes. J'avais tout préparé pour passer une bonne nuit, de quoi faire du feu et me faire à manger. J'avais mon bon sac de couchage. Quand il a commencé à pleuvoir j'ai pensé que ça allait passer. Mais c'est devenu comme maintenant. Si j'avais voulu rentrer je me serais perdu. Je me suis couvert avec le sac de couchage et, quand il a été plein d'eau, je l'ai essoré. J'ai fait ça toute la nuit. » Il se tourna vers moi. « Si je me téléphonais maintenant je me dirais tu te souviens de la nuit qu'on a passée ? » Il commençait à rire, et soudain le vacarme de la pluie s'éloigna, la lumière revint et nous vîmes le cheval se redresser, tendre l'encolure et s'avancer vers nous, immense et ruisselant d'eau.

Les maisons étaient nombreuses le long du fleuve. À un moment, je dis : « Vas-y, O'Leary, choisis, je te laisse faire. » Il siffla deux trois notes pour me montrer que la tâche l'impressionnait. Il mit du temps avant de s'arrêter devant une des maisons et sortit le premier de la voiture pour bien se montrer. Cette première photo fut bonne. Ils étaient nombreux et personne ne fit d'histoire. O'Leary continua de choisir avec plus ou moins de chance, comme moi. Je photographiais rapidement et on repartait. À nouveau la pluie menaçait. Le fleuve nous accompagnait plus que nous ne le descendions. O'Leary s'arrêtait si souvent que d'une maison à l'autre j'oubliais presque aussitôt les visages et les attitudes que je venais de photographier. Une famille chassait l'autre. Sauf la fois où tous les enfants furent des filles et où la plus grande ne quitta pour ainsi dire pas O'Leary des yeux. La mère lui pinça le ventre. Elle baissa les yeux. Le père était obèse. Malgré le ciel couvert, c'était une bonne journée. O'Leary descendait en premier de la voiture, et s'il n'y avait personne dehors frappait aux portes, attendait, faisait le tour de la maison, revenait frapper plus fort et me laissait faire ensuite. On n'eut presque pas d'embêtements. Je dus changer de pellicule et on oublia de manger. On eut faim seulement au milieu de l'après-midi.

La chapelle surplombait le fleuve. Les murs étaient jaunes, et le toit couvert de tuiles de bois. Je poussai la porte. On avait peint sur le plafond voûté des croissants de lune à différents moments de l'année et par-ci par-là, une étoile. Il y avait un autel taillé dans la pierre et un banc de chaque côté. Sous l'unique fenêtre au-dessus de l'autel se trouvait une croix. C'est tout ce qu'il y avait, l'autel, la croix et les bancs. Je ressortis. O'Leary avait ouvert le coffre et cherchait dans les rations. Il dit : « On a de moins en moins de choix. » Il se servit et me laissa la place. Quelques gouttes tombèrent, je pris mes rations et retournai dans la chapelle. Tandis que je commençais à manger O'Leary entra, posa son fusil contre l'autel, s'assit en face de moi sur l'autre banc et ouvrit ses rations. Deux mètres nous séparaient. Il mangeait et me jetait regard après regard.

« Qu'est-ce que tu veux savoir ?

– Non, rien. »

Il se forçait à ne plus me regarder.

« Vas-y, O'Leary.

– Vous dormez dans le même hôtel que le colonel.

– Oui.

– Alors vous le connaissez ?

– Oui. »

Il attendit un moment et puis :

« Dans l'école des filles on a des lits de camp, ça va. Mais dans le fond ça ne va pas. Je crois qu'on m'en veut.

– Pourquoi ?

– Parce que je suis arrivé après. Est-ce que c'est ma faute si je suis arrivé quand c'était fini ? »

Je haussai les épaules et demandai :

« Pourquoi tu m'as parlé du colonel ?

– Presque tous ceux qui sont arrivés après comme moi dorment dans l'école des garçons. J'aimerais y aller aussi.

– Tu veux que je lui demande ?

– Oui, monsieur, parce que je voudrais bien discuter moi aussi avec tout le monde, le soir, dans l'école des filles, mais je sens qu'on me dit : ta gueule, O'Leary, tu es arrivé quand ça a été fini, alors ta gueule. Alors je les regarde jouer aux cartes. Ça ils me laissent faire, ça ne leur coûte rien. »

Il secoua la tête avec dépit.

« Mais peut-être que moi aussi je ferais comme eux. Ta gueule à tout bout de champ à ceux qui seraient arrivés après. »

Il recommença à manger en regardant les croissants de lune au plafond. Par la porte entrouverte on entendait la pluie, et O'Leary gaiement :

« On a le droit de manger ici ? Ça m'étonnerait. »

Il se pencha vers moi, et avec un sourire :

« Mais on a gagné, on a le droit de manger où on veut. »

Il pointa la main vers le haut :

« Mais des lunes comme ça, à Lowestoft, la nuit, j'en ai jamais vu. »

Par la fenêtre au-dessus de l'autel je voyais passer une lueur, un nuage, une lueur. La fenêtre était si petite qu'ils défilaient à toute vitesse. Alors seulement maintenant, parce qu'elle était couverte de poussière, je remarquai la réplique d'une embarcation à fond plat posée sur le rebord de la fenêtre. O'Leary prit sa gourde à la ceinture et me la tendit. Il restait si peu d'eau qu'on n'eut qu'une gorgée chacun. Ensuite il s'allongea sur le banc, mit ses mains sous la tête et observa la voûte du plafond.

« La plus grande des filles, tout à l'heure, tu as vu comme elle te regardait ?

– Oui. »

Il y avait un bouquet de fleurs sauvages fanées sur l'autel. Les nuages passaient derrière la petite fenêtre. Une lueur, un nuage, une lueur. Je ne savais pas où nous étions. O'Leary avait fermé les yeux. Je crus qu'il allait s'endormir, mais il dit :

« Depuis hier j'ai envie de manger des œufs.

– On peut essayer d'en trouver. »

Il était plus grand que le banc, ses pieds dépassaient. Il demanda :

« Combien il en a mangé cette nuit ?

– Une vingtaine.

– Qu'est-ce qu'il va faire avec le drapeau ? »

Il avait toujours les yeux fermés. Nous venions de parler un peu, mais dans le fond le silence nous enveloppait.

« Vous êtes sûr qu'elle me regardait ?

– Oui.

– Quand vous la verrez sur la photo, vous vous en souviendrez ?

– Sûrement. »

Je mentais à moitié. Il remonta les jambes pour avoir les pieds sur le banc. Il tourna la tête vers moi et ouvrit rapidement les yeux comme s'il voulait être sûr que j'étais encore là.

« À Lowestoft j'allais dormir dans les dunes parce que chez moi j'avais peur. Dans les dunes je dormais bien la plupart du temps. Sauf la nuit où il a plu.

– De quoi est-ce que tu avais peur chez toi ? »

Il sourit légèrement. J'attendais, mais il ne parla plus.

« Ne t'endors pas, O'Leary.

– Non, monsieur. »

Je me levai et fis deux pas jusqu'à l'autel. Sous le bouquet de fleurs fanées il y avait un bout de papier plié en deux. On apercevait des mots à l'intérieur. Je sortis, j'avais soif, il pleuvait, mais si peu que les gouttes, on aurait pu les compter. Je mis mes mains en creux sous le chéneau du toit et attendis.

Alors écoutez, en attendant, il pleuvait comme ici quelques gouttes lorsque nous avions quitté le camp, à l'aube. Il aurait fallu une année de cette pluie-là pour éteindre les tas d'ordures qui se consumaient sans flamme depuis que nous étions arrivés. Je longeais une baraque quand il m'avait appelé : « Viens ! Viens ! » Je regardai autour de moi, l'aperçus qui bougeait et allai m'accroupir devant lui. Il était assis à l'écart de l'allée et des baraques et sentait la fumée des tas d'ordures. La couverture de l'armée habillait sa tête et ses épaules. Quel âge avait-il ? Ses yeux étaient noirs et ses mains couvertes de cendre. Il y avait du pain et des rations à côté de lui. Il tenait entre ses genoux un quart rempli d'eau. Sa voix semblait ouatée par la couverture :

« À quoi je ressemble ?

– Ça va.

– Dis-moi la vérité.

– Ça va. Tu veux quelque chose ? Tu veux que je t'aide à te lever pour rentrer ? »

Il ne voulait rien, seulement me parler.

« J'ai peur. Depuis que vous êtes là je n'ai jamais eu aussi peur, tu comprends ? Je mange, on ne nous tue plus, mais maintenant que vous êtes là j'ai de l'imagination. J'ai peur que ça recommence. Si tu savais comme j'ai de l'imagination. Tu comprends ? »

Je fis oui de la tête alors que je voulais répondre oui et non. Je me taisais. Je ne pensai pas à lui demander son nom. Pour l'oublier ensuite ? Son accent ne me disait pas de quel pays il était. Il vit l'appareil dans ma main.

« Reviens me prendre quand je serai plus en forme. »

Son doigt traça quelque chose dans l'air.

« J'ai écrit deux trois mots sur une planche, j'essaierai de la retrouver parce que je ne me souviens plus de ce que c'était. Tu nous prendras tous les deux, elle et moi, c'est plus qu'une planche. »

Je mentis car dans une heure il m'aurait oublié.

« D'accord, je vous prendrai tous les deux. »

Moi aussi je l'aurais oublié. Ce jour-là nous partions, le régiment de Collins était relevé par une unité sanitaire. Nous allions traverser l'Allemagne dans l'autre sens et deux jours plus tard nous serions à Dinslaken.

Je m'étais redressé, il leva la tête vers moi et d'ici sa voix ressemblait à un murmure :

« Reviens me photographier quand je serai plus en forme et que j'aurai retrouvé la planche. »

Je fis oui de la tête. Il avait tout ce qu'il fallait, du pain de l'eau des rations et une couverture, mais je n'osai pas m'en aller sans rien dire. C'était la dernière fois que je le voyais.

« Tu as besoin de quelque chose ? »

Il haussa les épaules, fit non de la tête et puis :

« Pour le moment non, mais aujourd'hui je voudrais vraiment retrouver la planche où j'ai écrit deux trois mots. Tu verras. »

Je souriais stupidement, lui aussi, mais lui c'était à cause de ses lèvres gercées. Je tendis la main vers la baraque la plus proche.

« Tu ne veux pas que je t'aide à rentrer ? »

Il regardait devant lui. Il ne m'écoutait plus. Je lui fis un signe et m'en allai. À peine sorti du camp je ne pensais déjà presque plus à lui. Je cherchais la voiture de Collins parmi la file des camions dont certains chauffeurs lançaient les moteurs et allumaient les phares alors que le jour se levait. Je trouvai la voiture mais Collins n'y était pas encore. Je m'installai à l'arrière sans faire de bruit car McFee somnolait, la tête dans un bras posé sur le volant, et je ne me serais plus jamais souvenu de l'homme assis sous sa couverture, je l'aurais oublié si McFee s'était réveillé et avait brisé le silence en me parlant. Car pendant de longues minutes, n'ayant rien à faire qu'à attendre Collins, je pensai à lui et à sa planche avec deux trois mots dessus. Et comme il ne pleuvait plus et qu'un pâle soleil se levait, j'eus une dernière pensée pour lui : « Tant mieux pour toi, ta couverture va sécher. »

La pluie avait cessé. La route avait séché, à part dans les trous. À l'approche d'une maison nous nous demandions s'il y aurait de quoi y prendre une photographie et acheter des œufs. Nous voulions nous arrêter en étant sûrs de repartir avec les deux. Lorsque nous n'apercevions pas de poulailler, nous continuions sans nous arrêter. Le fleuve n'était jamais loin. Parfois nous le perdions de vue, mais pas longtemps. L'après-midi touchait à sa fin. Le soleil orange entrait dans la voiture du côté d'O'Leary. On ne voyait jamais de poulaillers depuis la route. Nous nous dîmes que, s'il y en avait, ils devaient être derrière les maisons.

On quitta la route, on roula en cahotant entre les tournesols. Sous les arbres se dressait une maison en brique dont seule la partie basse des murs avait été enduite de plâtre, comme s'il avait manqué de temps ou de plâtre pour finir. Au moment de descendre, je dis : « Je prends la photo et toi tu demandes s'il y a des œufs. » Il me jeta un regard ennuyé. J'allai frapper à la porte. Un garçon d'une douzaine d'années m'ouvrit. J'entendis une belle voix de femme à l'intérieur. Le garçon lui répondit, puis, apercevant O'Leary qui s'approchait, se mit à pleurer comme ça, d'un seul coup, et la femme vint à la porte, se figea un instant puis sa main chercha la nuque du garçon. Je ne pensais pas à sortir l'appareil de ma poche. Derrière moi O'Leary attendait aussi sans bouger. Les sanglots ne s'arrêtaient pas. Soudain O'Leary porta les mains à sa poitrine et se mit à battre l'air de ses bras repliés comme s'il voulait s'envoler. Au bout de quelques secondes je compris qu'il demandait des œufs. Je voulus lui dire d'arrêter, que dans l'ordre je devais d'abord prendre la photo. Mais je vis que c'était vers le garçon et ses sanglots qu'il était tourné et pour lui seul qu'il imitait une poule avec un fusil à l'épaule. La femme me regardait au fond des yeux. Sa main n'avait pas quitté la nuque du garçon. Les sanglots commencèrent à baisser et je sortis l'appareil de la poche.

Je pris la photo. La lumière de fin d'après-midi était éclatante sur les briques au-dessus d'eux. J'allais partir mais la femme me fit signe d'attendre, parla à l'oreille du garçon et retourna dans la maison. Elle revint avec une photographie encadrée. Elle reprit sa place à côté du garçon et porta la photographie contre sa poitrine. Dessus je ne distinguais qu'une silhouette debout devant une table. Le garçon passa les mains dans ses cheveux. La femme me souriait et je fis semblant d'appuyer sur le déclencheur. La femme inclina deux fois la tête et je retournai vers la voiture.

O'Leary posa son fusil à l'arrière et s'assit au volant.

« Tu as oublié les œufs.

– Vous avez vu un poulailler ?

– Non, mais vas-y quand même.

– Comment je les demande ?

– Comme tout à l'heure.

– Tout à l'heure c'était pour rire.

– Demande aussi de l'eau. »

Il redescendit de la voiture, s'approcha de la femme et du garçon qui n'avaient pas bougé et nous observaient. À nouveau il battit l'air de ses bras repliés mais seulement un court instant et plus timidement cette fois. Ensuite, s'approchant encore, il fit d'autres gestes que je ne comprenais pas d'ici. La femme rentra dans la maison. Il décrocha la gourde à sa ceinture et la passa au garçon. La femme et le garçon revinrent en même temps. Elle lui tendit deux œufs et le garçon la gourde qu'O'Leary essaya de remettre à sa ceinture. Mais comme d'une seule main il n'y arrivait pas, la femme le fit pour lui. Il revint vers la voiture et, tandis qu'il posait les œufs à l'arrière : « J'ai des allumettes. On videra deux boîtes de ration pour les faire cuire. »

On cahota dans l'autre sens vers la route. On roula un moment, le soir nous suivait. On s'arrêta le long d'un champ pour cueillir de l'herbe sèche et, tandis que dans les boîtes de ration posées entre deux pierres les œufs cuisaient, un nœud me serrait la gorge. D'où venait-il ? De l'odeur de la fumée et des œufs qui cuisaient ? De l'air du soir et du papier plié sous les fleurs fanées ? Je commençais à m'éloigner. Alors d'où venait-il ? De mon idée qui s'en allait comme du sable entre les doigts ? Puis j'entendis : « Ils sont cuits. » Je m'enfonçais dans le champ parmi les herbes. Le nœud dans la gorge ne se desserrait pas. Bientôt je butai sur une souche. Je m'assis dessus, mis la tête dans mes mains, fermai les yeux et commençai à m'en aller loin d'ici et des routes, des maisons aux façades à moitié blanchies et des champs de tournesols.

Mais j'entendis marcher. O'Leary s'approchait, il me tendit la boîte noircie et encore tiède.

« Allez-y, froid c'est pas bon. »

Je mangeai l'œuf avec les doigts. Chaud il n'était pas bon non plus. Il avait pris le goût de la ration. Les premières étoiles s'allumaient. Le couchant venait de s'éteindre. O'Leary dit :

« Il faut faire attention aux rations. C'est pas avec deux œufs qu'on économise. Il en faudrait une dizaine par jour. Si ça continue on aura faim. »

Je jetai la boîte et m'essuyai les doigts dans l'herbe. J'attendais qu'O'Leary retourne vers la voiture pour fermer les yeux et repartir loin d'ici. Il semblait humer l'air du soir. Il souleva sa casquette et se frotta la tête. Puis il s'accroupit, cueillit des herbes et, en les jetant devant lui comme des javelots, entama une chanson en sourdine comme si je n'avais pas été là et quand il eut épuisé tous ses javelots il dit :

« Vos photos ne sont pas intéressantes, bientôt on aura faim, mais je suis mieux ici qu'au gymnase à attendre. »

Ensuite, tandis qu'il cueillait d'autres herbes :

« Vous me prendrez en photo ?

– Si tu veux. »

Il secoua la tête. Je demandai :

« Elle sera intéressante celle-là ? »

Il se tourna vers moi, il souriait.

« Oui, monsieur. »

Et en lançant un javelot :

« L'œuf était bon ?

– Non.

– Moi non plus. J'aurais lavé les boîtes si j'avais eu assez d'eau. »

Des phares éclairèrent le bord du champ et s'éloignèrent. Quelque part au loin une voix appela. Le calme et l'obscurité revenus, O'Leary resta un long moment rêveur, scrutant le ciel et le champ, toujours accroupi, puis au moment où il lançait tous ses javelots d'un coup il dit :

« Pourquoi vous faites ces photos ? »

Je restai silencieux, il n'insista pas. La question ne m'était pas destinée. Elle n'avait été ni murmurée ni posée à haute voix, on aurait dit un souffle de vent échappé de vents déchaînés et lointains, nous frôlant à peine et continuant sa course à travers le champ.

Il avait tourné la tête. On commençait à entendre quelque chose mais on ne voyait rien dans l'obscurité.

Cela se rapprochait, s'arrêtait et à nouveau on l'entendait. O'Leary ne bougeait plus. Le sanglier sortit du noir, s'avança et s'arrêta à une dizaine de mètres, sa tête énorme levée vers nous. Pendant une minute il resta ainsi comme s'il avait été aveugle et nous cherchait. « Qu'est-ce que je fais ? » Sa voix tremblait, la mienne aussi : « Tais-toi. Ne bouge pas. »

Nous l'entendions respirer. Sa respiration était plus effrayante que son énorme tête grise qu'il pencha soudain, et il se mit à creuser la terre avec son groin en gémissant et grognant. O'Leary toujours accroupi et dans un murmure :

« Qu'est-ce qu'on fait ? »

Le sanglier releva la tête, sembla s'ébrouer et se remit à creuser la terre. O'Leary porta une main à la bretelle de son fusil et commença à la descendre le long du bras.

« Arrête, O'Leary. »

Il m'obéit et me fixa, la bouche ouverte. Le sanglier continuait de creuser et de se rapprocher. Je commençais à voir ses yeux. Je voulais me lever et courir vers la voiture. O'Leary me fixait toujours comme s'il attendait un signal. Soudain, sans que ni lui ni moi ayons bougé, le sanglier poussa un gémissement, releva la tête et partit en courant par là où il était arrivé. Lorsque le vacarme de sa fuite cessa et qu'on n'entendit plus un seul bruit, O'Leary se dressa, épaula en lançant un cri inhumain, visa au hasard dans le ciel et le coup de feu couvrit sa voix.

Tourné vers là où le sanglier s'était enfui, levant légèrement la tête, O'Leary ne bougeait pas. Le silence revenu, il semblait attendre l'écho de son cri ou du coup de feu. Le fusil pendait au bout de son bras et moi j'entendais battre mon cœur. Je me levai, il ramassa sa casquette qui était tombée lorsqu'il avait épaulé, et on retourna vers la voiture. « Vous avez senti comme il puait ? On aurait dit qu'il avait crevé depuis une semaine. » Il rangea son fusil à l'arrière et on s'en alla.

Aussi loin que les phares portaient c'était plat et désolé, et au-delà dans la nuit rien ne se dressait. Dans les champs l'herbe n'était pas assez haute pour y faire entrer la voiture et la garer à l'abri de la route. Mais on retrouva le fleuve, il coulait de mon côté en contrebas, large et gris, et bientôt on vit des lumières très loin de l'autre côté du fleuve, des dizaines de lumières pâles, serrées les unes contre les autres comme si tout un peuple se préparait pour la nuit. O'Leary les regardait lui aussi. « Qu'est-ce qu'on fait ? » Un moment après, des baraques et des hangars apparurent le long de la berge. Puis une grue se dressa, une autre, et nous vîmes ensuite des pontons et d'immenses tas de sable. O'Leary roulait doucement. Je lui montrai un chemin en gravier qui descendait vers la berge. Il s'y engagea et s'arrêta au pied de l'un de ces tas de sable.

Même au bord il fallait tendre l'oreille pour entendre la rumeur du fleuve. Les lumières pâles au loin flottaient dans la nuit. O'Leary retourna vers la voiture. Je m'approchai des deux barges accouplées, longues d'une trentaine de mètres et si chargées de sable que leurs ponts affleuraient la surface. Leurs étraves étaient tournées vers l'aval. De l'herbe et des fleurs sauvages avaient poussé sur le sable. J'entendais un bruit plus clair que celui du fleuve, comme s'il y avait quelque part un ruisseau ou une cascade. Je grimpai sur la première barge et la traversai jusqu'à l'autre bord. Il y avait entre les deux coques un espace qui se rétrécissait, le courant s'y engouffrait, prenait de la vitesse et passait par-dessus un barrage de troncs et de branches, provoquant une cascade pas plus forte qu'un filet d'eau mais plus bruyante que le fleuve. Au moment où je reconnus un bras et une main émerger parmi les branches, O'Leary que je n'avais pas entendu venir était en train de se pencher pour regarder lui aussi. « Qu'est-ce que c'est ? Qu'est-ce que vous voyez ? » Je ne dis rien, j'écoutais le bruit clair de l'eau par-dessus le barrage de bois flotté, le seul bruit qu'on entendait cette nuit, et je songeais que le bras et la main y étaient aussi pour quelque chose, que la cascade miniature existait aussi un peu grâce à eux. Penché à côté de moi O'Leary cherchait à percer l'obscurité entre les deux coques. J'aurais voulu, comme avec la femme aux bottes de soldat qui se parlait toute seule à Dinslaken, photographier le bruit de la cascade. Cette nuit, ce n'était pas la bière qui me trompait. « Viens, O'Leary. » Je retraversai la barge et, tandis que je sautais sur le quai : « Monsieur il y a un mort dans l'eau. » Sa voix avait rampé jusqu'à moi. Il était toujours penché vers la cascade. Il se redressa et se tourna. « Vous l'avez vu ? Qu'est-ce qu'on doit faire ? » Je répondis : « Rien du tout, viens. » Je retournai vers la voiture. Je l'entendis sauter sur le quai et s'approcher.

J'ouvris le coffre et cherchai dans les rations une boîte de jus de fruits qu'on aurait oubliée.

O'Leary s'avança tout près de moi. « On ne peut pas dormir là. » Sa voix frémissait. Je dis : « Il est tard, je suis fatigué. Toi aussi. » Il ouvrit les bras. « D'accord je suis fatigué mais je ne peux pas dormir ici à côté. On s'en va, je conduis, vous vous reposez, vous pouvez dormir pendant que je cherche un meilleur endroit. » Je ne disais rien. Il souriait tristement et je voyais derrière lui les lumières pâles s'éteindre une à une. Je rangeai les rations dans la caisse. On entendait par moments du sable s'écouler de la montagne qu'il y avait derrière nous.

Il fallait commencer par les plus petits bois du barrage, ils retenaient tous les autres, on aurait dit qu'ils avaient poussé dans l'eau et faisaient des nœuds. Nous étions allongés chacun d'un côté sur une barge et jetions les bois derrière nous. O'Leary s'était déshabillé jusqu'à la ceinture. Si près de l'eau à présent, je reconnus la manche d'uniforme qui habillait le bras. C'était la manche d'un manteau d'hiver. Parfois le bras bougeait, et la main semblait alors indiquer une direction. À un moment il s'enfonça, disparut sous la surface avec la main, et lorsqu'il remonta O'Leary poussa un gémissement. Les plus gros bois étaient plus difficiles à sortir de l'eau. Il fallait s'agenouiller et s'arc-bouter en tirant de toutes nos forces. Mais j'avais l'impression que le barrage ne céderait pas, qu'il était retenu par quelque chose de plus puissant que nous, quelque chose que nous ne pouvions pas voir depuis la surface et qui ne laisserait pas le cadavre s'en aller facilement dans le courant. O'Leary tirait frénétiquement les gros bois à lui, les jetait et recommençait, et soudain le bras émergea en entier, la tête apparut et le haut du corps sortit de l'eau comme si du fond du fleuve on l'avait poussé et aussitôt lâché. Le cadavre retomba sur le ventre, il flotta sur place un moment et faillit se retourner, mais heureusement s'en alla lentement entre les deux coques en emportant avec lui le reste des bois, puis il passa entre les étraves, s'éloigna dans le courant à la vitesse du fleuve et bientôt disparut. O'Leary s'assit sur le sable de sa barge et baissa la tête. J'enjambai le courant redevenu silencieux, avisai le fusil posé dans le sable au milieu des bois sortis de l'eau et dis : « N'oublie pas le fusil, O'Leary. » Il secoua la tête. « Non, monsieur. »

Adossé à la voiture, j'écoutais la lente rumeur du fleuve. Je voyais ses eaux plus sombres que la nuit et le dos blanc et maigre d'O'Leary toujours assis sur le sable de la barge parmi les herbes, les fleurs sauvages et les bois du barrage, et, comme s'il avait été à côté de lui ou à sa place, je pensai soudain à McFee, le chauffeur de Collins, à moitié juif par sa mère et qui n'avait pas peur de rouler sous la pluie même quand elle tombait comme la mer, et dans mon trouble et ma fatigue je le voyais lancer au fleuve et aux dernières lumières pâles des gestes solennels en imitant la main du roi. « Bonjour, bonjour, bonjour. Je suis le roi. » Et si vraiment ça avait été lui, McFee, assis sur la barge, je serais allé m'asseoir à côté de lui et dans un murmure : « Tu ne sais pas ce que tu as vu là-bas, McFee, toi non plus, mais ne t'en fais pas et vis encore longtemps, longtemps. Et, cette nuit, tu as le droit d'être le roi du ciel et des lumières pâles, et quand la pluie tombe comme la mer, chez toi, roule prudemment et le soir dors, McFee, dors, écoute la pluie et essaie de faire de beaux rêves. Dors et ne pense plus aux nuits effrayantes. »

J'écoutais le fleuve, je pensais à McFee et à nouveau j'avais un nœud dans la gorge, elle me faisait mal. Une pierre y montait et descendait. Le cadavre que nous avions libéré n'y était pour rien. Et cette douleur à la gorge, c'est avec McFee que je la partageais. Je ne savais pas pourquoi. Je levai les yeux et aperçus la seule constellation du ciel que je connaissais. Puis sur la barge O'Leary se remit debout, regarda autour de lui un moment, et se pencha pour prendre son fusil et sa chemise.

Revenu sur le quai, il se retourna vers le fleuve un court instant puis vint s'adosser à la voiture à côté de moi. Il posa le fusil et enfila sa chemise. Je tendis la main vers le ciel devant nous.

« Regarde ces étoiles, elles ont la forme d'une maison là-haut. Tu la vois ?

– Une maison ? Non.

– Elle est penchée, au milieu il y a trois petites étoiles en travers. Tu les vois ?

– Non. »

Je pris sa main et la pointai vers la constellation.

« Là-bas, O'Leary. Fais un effort.

– Quand on sait où elle est, c'est pas difficile.

– Regarde mieux. Une maison penchée et trois étoiles dedans.

– Je ne vois rien. »

Sa voix était très basse et indifférente. Il retira sa main, reprit son fusil et le rangea dans le coffre. Moi non plus je n'avais pas fait beaucoup d'efforts pour lui montrer. Il alla s'asseoir au pied du tas de sable, mit le menton dans une main et leva la tête comme s'il cherchait de lui-même les trois petites étoiles de la constellation. Mais sans doute ne regardait-il rien de particulier.

Couché sur les sièges à l'avant, O'Leary ne bougeait pas. Par moments il toussait en essayant de faire le moins de bruit possible. Il respirait lentement. Je fermais les yeux et me sentais vaguement honteux d'avoir parlé à McFee, de m'être laissé aller. Mais je ne le regrettais pas. Chaque fois que je bougeais je sentais contre ma poitrine, dans la poche de ma chemise, les trois pellicules prises depuis Dinslaken. Ainsi je savais combien de familles j'avais photographiées. Je me mis à compter celles dont je me souvenais encore. Je voulais savoir à la fin de mes calculs combien j'en avais déjà oublié. Le résultat n'avait aucune importance. C'était pour attendre le sommeil.

J'allais finir avec les familles du premier jour mais la voix basse d'O'Leary m'interrompit :

« Je peux descendre la vitre ? »

Au son de sa voix je compris qu'il était lui aussi allongé sur le dos.

« Vas-y, à moitié. »

Il se redressa, baissa la vitre et retrouva sa place. J'avais perdu le fil de mes calculs.

« Tu as mis ta couverture entre les sièges ?

– Oh, oui ! »

Je l'entendais bouger par petits coups. Il devait plier et déplier ses grandes jambes. Je demandai :

« Qu'est-ce qui te faisait peur ?

– C'est la première fois que je vois un mort.

– Non, pas cette nuit. Chez toi, à Lowestoft, de quoi est-ce que tu avais peur ? »

Il laissa passer un si long moment que je pensai qu'il s'était endormi d'un coup, comme ça.

« Je n'ai pas envie d'en parler. Pas maintenant.

– Comme tu veux. »

Il bougea, sans doute pour se mettre sur le côté.

« Est-ce que je gagnerais quelque chose à en parler ?

– Je ne sais pas, rien probablement. »

J'attendis, et comme il se taisait je voulus reprendre mes calculs depuis le début, mais il demanda :

« Il va descendre jusqu'à la mer ? »

Il me fallut quelques secondes avant de comprendre.

– Je n'en sais rien, ça dépend. Je ne sais pas si elle est loin.

– Si elle est loin peut-être que quelque chose l'arrêtera avant.

– Sûrement.

– Et après ?

– Je ne sais pas non plus. Peut-être qu'on le trouvera et qu'on le sortira.

– Il est tout seul dans l'eau. J'ai du mal à comprendre.

– Ne t'en fais pas. »

Il respirait lentement et j'étais sûr qu'il avait les yeux ouverts.

« Moi j'ai toujours eu un peu peur de l'eau.

– Essaie de dormir. »

Il dit d'une voix enrouée :

« Et après, s'il va jusqu'à la mer ? »

Il l'avait dit si bas que cette fois la question ne m'était pas destinée. Ensuite je l'entendis se tourner et se retourner. À un moment j'aperçus sa main agripper le haut du siège. Puis il parut se calmer.

« Bonne nuit.

– Toi aussi, O'Leary. »

Un peu après, du sable s'écoula du tas dehors et brisa le silence. Il murmura :

« Qu'est-ce que c'est ?

– C'est du sable. »

Je fermais les yeux. Depuis combien de temps ? J'entendais à peine O'Leary respirer derrière les sièges. J'aurais juré qu'il dormait.

« Vous pensez qu'il est parti dans le courant ?

– Tu l'as vu toi aussi, non ?

– Oui, mais pas longtemps et pas au milieu.

– Qu'est-ce que ça peut faire ?

– Peut-être qu'il est retourné tout de suite vers le bord et qu'il n'est pas loin, qu'il est coincé quelque part. J'ai envie d'aller voir.

– Et après ?

– Je le remets dans le courant.

– Il y est encore parce que tout s'en va au milieu du fleuve, là où il est le plus rapide.

– Non, monsieur, je crois que c'est le contraire. Le courant pousse vers le bord. Et je ne pourrai pas dormir s'il est encore là.

– Il n'est plus là.

– Je veux être sûr. »

Il ouvrit la portière et sortit. J'attendis et sortis à mon tour, il enfilait ses chaussures, il se redressa, on se faisait face, il avait l'air désolé. Ses lèvres bougeaient, il voulait parler. Mais il alla prendre son fusil dans le coffre, et lorsqu'il revint devant moi je dis : « Reste là, je suis sûr qu'il est parti dans le courant. » Il souleva les épaules en signe de doute, puis dans un murmure douloureux : « Je suis téléphoniste, monsieur. » Et moi : « Quoi, qu'est-ce que tu racontes ? Téléphoniste ou pas, et alors ? » Il secoua la tête sans me regarder, commença à s'éloigner vers la berge le fusil dans une main, et lorsque l'obscurité me l'eut caché je criai : « Comment tu le remettras dans l'eau si tu le trouves ? Tout seul, et avec quoi ? » Il ne répondait pas, et moi encore plus fort : « Descends jusqu'à la mer si tu veux, mais ne m'appelle pas, O'Leary, tu entends, ne m'appelle pas et ne viens pas me chercher. » J'attendis, tourné vers l'aval, épiant tous les bruits assez longtemps, et retournai me coucher dans la voiture. J'avais soif mais il était parti avec la gourde.

Toute la nuit j'eus une soif brûlante. Dans mon rêve je voulais me lever et aller boire l'eau du fleuve mais elle était boueuse. Alors je voulais le traverser et grimper vers les lumières pâles pour demander à boire mais le courant était trop fort. Parfois aussi O'Leary me tendait la gourde mais je n'osais pas boire cette eau-là non plus, comme si elle avait été empoisonnée. Toute la nuit la soif me tourmenta mais me sauva des morts et de leurs jambes grises.

Les premières lueurs me réveillèrent. Je n'avais plus soif et un à un mes rêves revenaient. Le soleil n'était pas encore levé mais déjà le fleuve était moins sombre. Je sortis sans faire de bruit et, en allant ouvrir le coffre, je vis O'Leary couché sur le dos en bas de la montagne de sable. Il s'était fait un trou et dormait dedans profondément. Le sable avait presque la couleur de son uniforme et en s'écoulant tout le long de la nuit avait rempli les vides autour de lui. Le fusil était planté à côté, la crosse en l'air. Je choisis la moins mauvaise des rations, et à peine entamée je ressentis la même soif brûlante que cette nuit. J'allai chercher la gourde à la ceinture d'O'Leary, et tandis que je buvais j'entendis passer une voiture sur la route et un oiseau chanter sur la berge.

Je finis de déjeuner et allai me laver derrière les proues des barges si chargées de sable qu'elles semblaient posées sur le fond du fleuve. Un arbre au feuillage encore vert passait dans le courant. Là où brillaient les lumières cette nuit se dressait une colline vert et mauve, et au bout d'un moment je vis une maison, puis une autre. Elles se confondaient avec la végétation et apparaissaient seulement lorsqu'on les fixait. Il y en avait plus d'une douzaine comme ça, à moitié cachées par les arbres. Il commençait à peine à faire jour et l'oiseau continuait de chanter. Je ne savais pas où il était. Des hirondelles arrivaient au-dessus du champ de l'autre côté du fleuve, semblant venir de la colline et des maisons paisibles d'où montaient maintenant des filets de fumée qui se mêlaient les uns aux autres et formaient un nuage dans le ciel bleu foncé au-dessus des maisons où il semblait faire bon vivre tôt le matin déjà et d'où l'on tirait sans doute des fusées de toutes les couleurs en se mariant. Soudain je baissai les yeux sur l'eau sombre du fleuve et me mis à hocher la tête avec une tristesse qui rarement m'étreignait à peine le jour levé.

Lorsque je relevai la tête, l'arbre au feuillage vert avait continué à descendre sur le fleuve, il était si loin à présent qu'il semblait arrêté au milieu du courant, comme un îlot. Pas une seconde l'oiseau invisible n'avait cessé de chanter. Le ciel annonçait une belle journée. Le fleuve avançait, de plus en plus clair, et malgré le jour levé un croissant de lune restait là entre le fleuve et les maisons devant lesquelles je décidai d'aller faire mes dernières photographies ce matin et de rentrer à Dinslaken.

Je l'entendis s'approcher derrière moi.

« Tu te souviens si nous avons dépassé un pont qui allait de l'autre côté du fleuve ?

– Hier ?

– Oui. »

Il s'accroupit, trempa ses mains dans l'eau et fit non de la tête.

« Essaie de te souvenir.

– Je veux bien, mais j'ai besoin de manger et on n'a presque plus rien. »

Il leva les yeux au ciel.

« On en a traversé un, je m'en souviens, mais je crois qu'il est loin. Après, est-ce qu'on en a vu un autre, ça je ne m'en souviens pas. Pourquoi ? »

Je ne répondis pas. Il se passa de l'eau sur le visage et le crâne, et se redressa en frissonnant. Je demandai :

« Tu l'as retrouvé ? »

Il ne comprit pas immédiatement de quoi je lui parlais, puis secoua négativement la tête.

« Tu es descendu loin ?

– Non on ne voyait rien. Si j'avais eu une lampe je serais descendu plus loin. »

Il regarda vers le fleuve un assez long moment, puis sans le quitter des yeux :

« Vous croyez qu'il ira jusqu'à la mer ?

– Je n'en sais rien. Je ne sais pas où elle est. »

Je me redressai.

« Va manger, O'Leary. »

Par réflexe il ébaucha un salut militaire mais s'arrêta avant que sa main ne touche sa tempe. Il haussa les épaules en souriant et s'éloigna vers la voiture. Derrière la colline le ciel jaunissait. L'oiseau invisible s'était tu. Maintenant il me semblait entendre une chanson humaine, mais c'était la lente rumeur du fleuve. O'Leary s'arrêta avant d'arriver à la voiture et se tourna vers moi.

« Je crois que j'ai perdu la gourde cette nuit. Je ne comprends pas comment j'ai fait.

– Non, je te l'ai prise tout à l'heure, elle est dans le coffre.

– Il reste de l'eau ?

– Un peu.

– Bientôt on crèvera de soif aussi. »

Debout face au fleuve, j'essayais de me rappeler le pont que nous avions traversé hier et me demandais s'il ne valait pas mieux continuer sur la route et en trouver un autre plus bas. Je me tournai vers la voiture.

« C'est toi qui conduis, O'Leary, dis-moi s'il est vraiment loin le pont qu'on a traversé hier. »

Assis sur le bord du coffre, il ouvrait une ration et, tout en mangeant :

« Hier on en a vu des choses, monsieur, je ne peux pas me souvenir de tout, mais le pont à mon avis il est loin, et je ne crois pas qu'on en ait vu un autre ensuite. »

Il jeta la boîte, et tandis qu'il buvait à la gourde je le rejoignis à la voiture. Il me montra le trou qu'il s'était fait dans le sable et qui lentement se comblait.

« J'ai rêvé à un chien, on était heureux, mais il ne m'écoutait pas. Il était toujours à cent mètres au moins, je le voyais de loin, je ne savais pas à quoi il ressemblait vraiment, mais on était heureux. »

Je pointai la main vers la colline.

« Trouve un moyen d'aller là-bas, O'Leary, après nous rentrerons.

– Aujourd'hui ?

– Oui. »

Il demeura un instant songeur puis, essayant de le dire avec sérieux :

« Si j'avais été dans le génie je vous aurais fait un radeau. »

Ensuite, regardant vers la colline et à voix basse :

« Pourquoi ? Qu'est-ce qu'il y a là-bas ? »

Un vent léger nous enveloppa, les herbes et les fleurs sauvages qui avaient poussé dans les barges ployèrent. L'oiseau recommença à chanter. O'Leary alla chercher son fusil planté dans le sable et on s'en alla.

Le croissant de lune nous suivit bien après que le soleil se fut levé. Nous n'avions pas perdu le fleuve mais la colline et les maisons étaient loin derrière nous. Nous vîmes les piliers et les câbles d'un pont, mais, lorsqu'on arriva à l'entrée, une chaîne tendue empêchait de s'y engager. Par un trou béant au milieu du tablier on voyait le fleuve s'écouler. Autour, les poutres d'acier et de bois déchiquetées pointaient vers le ciel. O'Leary siffla une note. Nous attendîmes sans bouger un long moment, comme si quelque chose allait changer parce que nous l'attendions. Enfin j'ouvris ma portière.

« Va garer la voiture et n'oublie pas de prendre ton fusil.

– Je vais me garer, pourquoi ? »

Je lui montrai l'autre côté du fleuve.

« À pied on peut passer. C'est assez solide. On remontera jusqu'à la colline et les maisons.

– On en aurait pour un bout de temps. C'est loin et on aura faim. »

Il secouait la tête et n'osait pas me regarder. Au moment où j'allais descendre de la voiture, il dit :

« Des maisons, on en trouvera autant qu'on veut avec la voiture. Pourquoi marcher des heures ? »

Je le fixai durement.

« Fais ce que je te dis, O'Leary. Et si tu veux manger, prends des rations. »

Je sortis et, tandis que je m'approchais des bords du trou, il alla se garer. Nous traversâmes le pont et, arrivés sur l'autre rive, il resta derrière moi. Ses pas semblaient légers, comme s'il avait marché sur la pointe des pieds. Lorsque je me retournai, il était à cent mètres. Je lui fis signe de courir. Il ne m'écoutait pas. Je le lui criai avec colère et lorsque nous reprîmes notre route côte à côte il dit dans un murmure :

« Qu'est-ce qui vous fait mal ?

– Quoi ? »

Je me mis à rire.

« Ne t'occupe pas de ce qui me fait mal, O'Leary, reste à côté de moi, et si une voiture passe, arrête-la. »

Je pensais que c'était fini, mais au bout d'un moment et à voix basse :

« Je reste à côté de vous depuis qu'on est parti de Dinslaken, je ne l'oublie jamais, et cette nuit j'ai dormi dans le sable pour ne pas vous réveiller. Vous voyez.

– Et alors ?

– C'est tout, rien. »

Il changea le fusil d'épaule. Sa voix alors se fit encore plus basse, si basse qu'on aurait dit qu'il pensait.

« On ne mange plus très bien, bientôt on aura faim et on aura soif, je vais où vous voulez pour vos photos et je crois que je tiens le coup alors ne riez pas de moi. »

Je voulus lui dire que je ne savais pas de qui je riais. Je voulus lui dire que dormir dans le sable lui avait peut-être rappelé ses dunes à Lowestoft. La route surplombait le fleuve de quelques mètres. Parfois elle s'en écartait, nous le perdions de vue, mais assez vite le retrouvions. Le courant s'avançait vers nous et par moments j'avais un peu de peine pour O'Leary, tout seul à côté de moi. Loin derrière nous, le ciel se couvrait. Je me demandais depuis combien de jours nous étions partis. Je dis :

« Pourquoi tu n'as pas pris de rations, O'Leary ?

– Celles qui restent sont immangeables. »

Pour m'occuper je me mis à surveiller le haut du fleuve, tentant d'apercevoir l'arbre encore vert de ce matin descendre à notre rencontre. Ou parfois mon esprit arrivait avant nous à la colline vert et mauve, et passait d'une maison à l'autre.

Pendant une heure, nous ne croisâmes personne et ne vîmes dans un champ que des vaches et un cheval. Encore une fois la route s'écarta du fleuve, nous le perdîmes de vue pendant presque une demi-heure. O'Leary se tournait souvent pour regarder le ciel là où il se couvrait. Le vent se levait et retombait. Une voiture sortit du virage derrière nous. Je fis signe au chauffeur de s'arrêter, il commença à ralentir, mais lorsqu'il fut assez près pour reconnaître l'uniforme d'O'Leary, il dévia et s'éloigna en prenant de la vitesse. Rêveur, O'Leary fixa la voiture jusqu'à ce qu'elle disparaisse. Ensuite il se tourna et leva les yeux vers les nuages qui arrivaient.

« Ils viennent de la mer. Je crois qu'il faut retourner à la voiture.

– Comment tu sais qu'ils viennent de la mer ? »

Il haussa les épaules.

« Je les voyais arriver quand j'étais dans les dunes. Je les reconnais. Elle ne doit pas être loin.

– D'accord, peut-être, mais nous on va continuer et à la prochaine voiture montre bien ton fusil. »

Il me fixait sans bouger.

« Tiens-le dans les mains ! »

Il l'ôta de l'épaule, le laissa pendre au bout de son bras, et sans me regarder :

« Dans une heure on sera sous la pluie et encore loin de la colline. Si on continue j'ai peur qu'on n'ait pas le temps de retourner à la voiture.

– De quoi est-ce que tu n'as pas peur, O'Leary ? »

Il secoua la tête et baissa les yeux, je fis cent mètres et me retournai. Il avait remis son fusil à l'épaule et s'avançait au milieu de la route, nonchalant, au-devant de rien.

Ce fut un orage gigantesque comme je n'en avais jamais vu et sans une goutte de pluie pendant plus d'une heure. Au premier éclair nous courûmes vers un hangar en tôle ondulée à moitié rempli de foin pourrissant. Les nuages étaient de plus en plus noirs et descendaient si bas que bientôt il fit presque nuit. On ne voyait plus l'horizon. Le fleuve s'écoulait, noir comme les nuages. Le tonnerre ouvrait le ciel en deux et les éclairs étaient si puissants que pendant quelques secondes ensuite nous étions aveugles. Dans un coin, O'Leary faisait tenir son fusil en équilibre à plat sur ses genoux. J'étais assis en face de lui. Nous sursautions pendant les éclairs et n'osions pas fermer les yeux en attendant le coup de tonnerre. Lorsque le fracas était passé, il se léchait les lèvres et regardait en l'air. J'attendais les premières gouttes de pluie sur notre toit. Je me demandais comment en récupérer dans la gourde. J'avais peur aussi de l'électricité sur la tôle. O'Leary n'avait pas encore dit un seul mot.

Après un éclair, il demanda :

« C'est la mer, j'en suis sûr, mais laquelle ? »

J'attendis que le tonnerre soit passé.

« La Baltique, non ?

– Vous croyez ? »

On y réfléchissait quand, surgissant d'un côté du hangar, un garçon d'une dizaine d'années passa en courant. Il courait en portant un seau dans chaque main et traversa la route, descendit jusqu'au fleuve, remplit ses seaux en vitesse puis revint sur ses pas et passa sans nous remarquer. Il y eut un éclair et, le temps de me lever et de sortir pour voir où il allait, il avait disparu. Un peu après la pluie commença. Elle tombait si fort sur la tôle qu'elle couvrait le fracas du tonnerre. Des ruisseaux commencèrent à se former sur le sol du hangar, le traversant comme des veines à la recherche du meilleur chemin, emportant avec eux de petits radeaux de foin.

Le tumulte ne s'arrêtait pas et la lueur des éclairs donnait à O'Leary, assis en face de moi, un air de révolte trompeur. Ce fut une heure très longue pendant laquelle je suivis le parcours des ruisseaux sur la terre desséchée du hangar. Soudain, l'idée de retourner à la voiture après l'orage et de rentrer à Dinslaken commença à se faire jour et je m'assoupis en rêvant de rivages balayés de nuages blancs et me réveillai quelques secondes plus tard en proie à une impression de solitude que rien n'aurait pu combler et qui faisait battre mon cœur avec fureur. À présent des mares se formaient sur le sol d'où partaient de nouveaux ruisseaux que je suivis jusqu'à la fin de l'orage.

La pluie se calma et la lumière revint. À nouveau on apercevait l'horizon. On entendait toujours tonner mais chaque fois un peu plus loin et dans une direction impossible à donner. Entre les nuages qui s'en allaient passaient des nuées roses. Nous entendîmes les dernières gouttes sur la tôle et, au moment où je me levais, le garçon réapparut, traversa la route et descendit au fleuve avec ses seaux. O'Leary s'approcha et observa le ciel. À ce moment-là, le garçon qui revenait du fleuve nous aperçut et à mesure se redressa comme si ses seaux avaient été moins lourds. Lorsqu'il fut assez près pour reconnaître l'uniforme d'O'Leary, la frayeur le fit rire aux éclats un instant, puis, au moment où il passait devant nous, il se mit à rougir. Je dis à O'Leary : « Viens, allons chercher à boire et faire une dernière photo. » Il sembla hésiter, ouvrit la bouche pour parler et alla prendre son fusil. En nous entendant arriver derrière lui, le garçon se retourna, faillit tomber et perdit de l'eau en recherchant son équilibre. Lorsque O'Leary lui lança que tout allait bien et que nous n'avions pas l'intention de le manger, il baissa la tête et, comme O'Leary, son crâne était rasé.

On entra sous des sapins. La forêt se resserra et ne laissa plus qu'un étroit sentier. O'Leary marchait derrière moi. De grosses gouttes tombaient encore des branches. Des oiseaux chantaient dans les cimes. Lorsque nous entrâmes dans la clairière, on aurait dit que quelqu'un l'éclairait tellement il avait fait sombre sous les arbres. Au centre il y avait une maison basse à la façade couverte de planches fraîchement sciées. Le garçon se dirigea à gauche vers une citerne faite de plaques d'acier soudées, et y versa les seaux. Il alla ensuite vers la maison en tournant la tête pour ne pas nous voir et posa ses seaux sur le seuil avant d'entrer. Tandis que nous approchions, un homme apparut à la porte, vêtu d'une large chemise et d'un large pantalon. Les manches de sa chemise étaient retroussées jusqu'aux épaules. Il n'était pas grand. Son cou et les muscles de ses bras étaient tendus. Il ne quittait pas O'Leary des yeux. Le garçon revint à la porte et l'homme lui parla. Le garçon reprit les seaux et, avant qu'il s'en aille, je sortis l'appareil de ma poche, le montrai bien et désignai l'intérieur de la maison en comptant sur mes doigts. L'homme s'approcha de nous et tendit la main pour prendre l'appareil. J'hésitai puis le lui passai. Il le tourna dans sa main, regarda dans le viseur, me le rendit et fit signe à O'Leary dans un éclat de rire de lui passer son fusil. O'Leary se mit à rire lui aussi. Une femme portant un bébé dans les bras apparut à la porte. Je levai l'appareil pour montrer mon intention de les photographier là devant la maison tous ensemble et l'homme fit aussitôt non de la tête, en riant à nouveau, puis, au moment où j'allais refaire mes gestes, il me toucha l'épaule et, me désignant la citerne en acier où le garçon avait versé les seaux, fit semblant d'appuyer sur le déclencheur d'un appareil. À son regard grave je compris qu'il désirait me faire voir une chose qui selon lui valait la peine d'être photographiée. Alors à nouveau je lui montrai où se mettre devant sa maison et par un geste lui fis comprendre qu'ensuite, d'accord, nous irions voir la citerne.

Je pris la photo, le garçon se trouvait entre son père et sa mère. Elle posa une main sur la tête du bébé juste après que j'eus déclenché. Avec un large sourire dénué de joie l'homme fit signe à O'Leary de venir à côté de lui pour une nouvelle photo. Comme O'Leary ne bougeait pas l'homme fit semblant d'avoir un fusil dans les mains, visa au-dessus de nos têtes, puis nous fit signe de le suivre vers la citerne.

Une quinzaine de carpes de plusieurs livres tournaient dans un mètre d'eau et, lorsqu'elles s'approchaient de la surface, le soleil brillait sur leurs dos verts. O'Leary les regardait, fasciné. Le garçon s'éloignait vers la forêt avec ses seaux. L'homme se mit à parler. D'un geste je l'arrêtai pour lui dire que nous ne comprenions pas. Il haussa les épaules et continua. Je tournai autour de la citerne et fis semblant de prendre une photo. Au bout d'un moment l'homme se tut, et des deux mains caressa la surface de l'eau sans effrayer les carpes qui continuèrent leur ronde sans dévier comme si c'étaient elles que les mains caressaient. Je dis à O'Leary : « Va remplir ta gourde. » Il commença à s'éloigner, et sans se retourner il demanda : « Vous croyez qu'ils ont des œufs ? J'ai faim aussi. »

On s'assit dans l'herbe entre la citerne et la maison. La femme apporta une assiette de pain, du fromage et une sorte de salami. Un genou à terre en face de nous l'homme nous observait. D'un geste il demanda à O'Leary de lui passer sa casquette. Revenant du fleuve, le garçon alla verser les seaux dans la citerne et vint s'accroupir à côté de son père qui tournait et retournait la casquette d'O'Leary dans ses mains. Il avait sur son bras un tatouage pas plus grand qu'une pièce de monnaie et au dessin impossible à reconnaître. Il rendit sa casquette à O'Leary et de ses yeux clairs le scruta un long moment, cherchant, on aurait dit, à se rappeler où il l'avait déjà vu. Il le scrutait et se parlait à lui-même à voix basse. Le garçon à ses côtés tendait l'oreille pour saisir ce que son père disait. De la maison parvenaient les cris du bébé et aussitôt la voix de sa mère l'apaisait. Puis l'homme pointa un doigt vers O'Leary, lui parla d'une voix mystérieuse et visiblement lui posait des questions. Avec un sourire, O'Leary répondit :

« Lowestoft, au bord de la mer. »

Puis avec plus de sérieux :

« Dans les transmissions. »

L'homme ouvrait grand les yeux comme s'ils pouvaient l'aider à comprendre cette langue étrangère.

« Oui monsieur, on tire des kilomètres de fil, on installe les téléphones et on apprend les codes. Les codes changent tout le temps mais c'est pas compliqué. »

L'homme continuait d'écarquiller les yeux. Gardant toujours son sérieux, O'Leary porta un téléphone de campagne imaginaire à son oreille et commença à lancer des phrases incompréhensibles ponctuées de mots de code encore plus absurdes. Au même moment dans la maison le bébé pleura, la voix de la femme commença à le calmer, et l'homme, mimant O'Leary, porta lui aussi un lourd téléphone de campagne à l'oreille et se mit à rire dedans aux éclats, couvrant en même temps les pleurs du bébé et la voix maternelle. O'Leary se tourna vers moi, puis à nouveau vers l'homme, et dans son téléphone se mit à rire aussi fort que lui. Cela dura une dizaine de secondes, ils riaient comme des déments, les yeux rivés dans ceux de l'autre, puis s'arrêtèrent en même temps, à bout de souffle et rouges de colère tous les deux. Dans le silence qui suivit les pleurs du bébé reprirent, sa mère entama une chanson, mais soudain tout bourdonna, tout vibra. Le ciel se couvrit d'une centaine d'avions volant si proches les uns des autres qu'on aurait dit un seul appareil. Le garçon avait mis sa main en visière pour les observer. Mais déjà les avions s'éloignaient, l'air au-dessus de la clairière retrouvait son calme. O'Leary et moi avions fini le pain, le fromage et le salami, et tout avait été meilleur que la meilleure des rations et nous n'avions plus faim. La gourde était pleine d'eau fraîche et nous aurions pu à ce moment-là nous en aller.

Un vent léger apporta l'odeur d'un chèvrefeuille, et soudain je fus accablé de solitude comme sous le hangar. Une solitude sans début et sans fin. Je la devais sûrement à la beauté de la clairière, de la lumière déclinante et du lointain vrombissement des avions. Toujours un genou à terre en face de nous, l'homme avait tendu la main vers le fusil d'O'Leary posé dans l'herbe entre nous. Il souriait en montrant toutes ses dents et les muscles de son avant-bras frémissaient d'impatience, alors je dis pour pouvoir m'allonger un moment et fermer les yeux sur mon insondable tristesse :

« Retire le chargeur et la balle dans la culasse, et passe-lui.

– Vous croyez ?

– Oui. »

O'Leary retira le chargeur et la balle et tendit le fusil à l'homme qui le tint à l'horizontale, le canon dans une main et la crosse dans l'autre et se mit à parler, semblant s'adresser au fusil lui-même, puis il leva le canon et visa différents endroits du ciel. Il le tendit ensuite au garçon qui se leva d'un bond et courut vers les seaux, les saisit et se dirigea vers la forêt tandis que son père rendait le fusil à O'Leary. Alors je m'allongeai dans l'herbe et enfouis mes yeux dans mon bras.

Je dormis avec l'odeur du chèvrefeuille, me réveillant parfois aux cris du bébé que la voix de sa mère finissait par calmer. Moi aussi je me rendormais et, lorsque enfin je me redressai, le soleil descendait derrière les sapins. Je restai assis là, essayant de sentir si ma tristesse était partie avec le jour ou encore tapie dans ma poitrine, n'attendant presque rien pour revenir. O'Leary et le garçon marchaient côte à côte le long des sapins. Je n'entendais plus le bébé ni sa mère, d'ici la maison semblait déserte, et lorsque O'Leary et le garçon, continuant de longer les sapins, sortirent de mon champ de vision, je fus seul au milieu de la clairière. Le soleil qui descendait derrière les arbres semblait les consumer, sans flamme et sans fumée.

O'Leary et le garçon finirent par réapparaître sur ma droite, bouclant leur tour de la clairière. Lorsqu'il vit que j'étais réveillé, O'Leary se dirigea vers moi avec le garçon à ses côtés. Arrivé à ma hauteur le garçon leva un regard mystérieux sur O'Leary, attendant visiblement quelque chose. O'Leary balança sur ses jambes et dit comme s'il avait été au théâtre :

« Le soir tombe, monsieur, vous voyez.

– Pourquoi tu parles comme ça, O'Leary ? »

Il rougit légèrement.

« Je voulais dire qu'il est tard et qu'il faut au moins deux heures pour retourner à la voiture. Il fera nuit et on aura encore le ventre vide et on dormira mal. Si on restait ici ? »

Le garçon baissait les yeux et souriait timidement. Il savait ce qu'O'Leary me demandait. Le soleil descendait vite derrière les sapins. Au-dessus de la clairière le ciel était limpide et violet comme une fleur. O'Leary dit :

« Ils m'ont montré où nous pouvons dormir. Dans le grenier avec des matelas. Pour une fois. »

Le garçon tourna les yeux vers moi. J'attendais, je ne savais pas si le courage me manquerait pour retourner à la voiture et dormir encore une nuit à l'arrière. Je dis : « Pourquoi pas ? » À ce moment-là la femme apparut sur le seuil.

Je revois encore les lèvres qui me souriaient, je me souviens encore de l'odeur du gardénia qui semblait venir des plis de sa robe. Elle me tendit un verre chaud qui fumait et sentait bon. Assis dans l'herbe tiède je la suivis des yeux tandis qu'elle retournait vers la maison. À ce moment-là O'Leary et le garçon quittaient la clairière avec les seaux et, lorsqu'ils disparurent dans le chemin entre les sapins, le soleil s'éteignit comme si on avait soufflé dessus. À nouveau il n'y eut plus personne autour de moi. Je revois encore le front des sapins dans la lumière du soir, et je sens encore l'odeur de la vapeur couleur de miel qui s'échappait du verre. Dans la maison le bébé pleura, la femme chanta et je baissai la tête et ouvris grand la bouche comme si j'allais parler à l'herbe, mais je restai muet et désorienté.

Le garçon allait partout en portant ceci et cela, entrait dans la maison et ressortait. O'Leary et moi le regardions assis sur un banc fait de deux rondins et d'une planche. Lorsqu'il passait devant nous, le garçon esquissait un salut militaire à O'Leary et lui souriait. Sur une table de jardin l'homme avait posé une lampe-tempête qui, lorsqu'il l'alluma, obscurcit encore un peu plus le ciel au-dessus de la clairière. Il disposa dans un foyer fait de grosses pierres des brindilles et du bois que le garçon lui amenait. Lorsque le feu commença à prendre, il se dirigea vers la citerne, retira sa chemise, son pantalon et son caleçon et, nu comme au premier jour, enjamba les bords en acier et se tint debout au centre du bassin. L'eau lui arrivait à la taille, ses mains reposaient à plat sur la surface qu'il fixait, immobile comme une statue dans une fontaine. Soudain ses mains plongèrent et ressortirent en tenant une carpe comme dans des serres. Elle luisait malgré l'obscurité et semblait peser au moins sept livres.

Il la lança dans l'herbe, ressortit de l'eau, et pendant qu'il se rhabillait la carpe frappa de la queue sur le sol et soudain bondit presque aussi haut que le bassin et une fois retombée trembla un moment et bondit à nouveau. Pendant de longues minutes son instinct lui commanda de retrouver l'eau et, après l'un de ces sauts désespérés,

O'Leary, assis à côté de moi, murmura : « Pourquoi il attend, pourquoi il la laisse comme ça ? »

L'homme grelottait et remettait du bois dans le feu. La carpe se tordait dans l'herbe. Ses bonds s'espaçaient. Le garçon allait et venait toujours, semblant éviter de regarder vers la citerne. Penchée sur la table du jardin, la femme coupait de minuscules croûtes de pain. O'Leary se leva, se dirigea vers la citerne et, arrivé à côté de la carpe se tourna vers nous. Sans un mot l'homme prit un morceau de bois destiné au feu et le lança à ses pieds. Le garçon et sa mère regardaient vers O'Leary, ils semblaient dire : « Ne le ramasse pas, ne le fais pas, dans quelques secondes ce sera fini. » La carpe frémissait dans l'herbe. O'Leary ne bougeait pas. L'homme ne le quittait pas des yeux. Le combat silencieux durait depuis presque une minute lorsque je dis : « Viens, O'Leary. Viens t'asseoir. » Tandis qu'il revenait, l'homme ordonna en riant au garçon d'aller rechercher le morceau de bois destiné à tuer la carpe et le mit dans le feu. Lorsqu'il se fut assis à côté de moi je demandai à O'Leary de me passer sa gourde. Je finis de boire et dis : « Tu veux que nous partions ? » Il m'entendit mais ne répondit pas. Au pied de la citerne la carpe ne bougeait plus.

Parfois l'homme se plantait devant nous et nous observait, en proie à une intense réflexion. Nous le dévisagions et il s'en allait en secouant la tête. Bien qu'il n'alimentât plus le feu pour qu'il ne reste que des braises, les flammes éclairaient plus loin que la lampe-tempête posée sur la table. Il s'adressa à sa femme et disparut dans l'obscurité. Le ciel était sombre, et l'orée des sapins qui nous entouraient plongée dans le noir. À mesure que le crépitement des flammes baissait, j'avais l'impression que des bruits inconnus montaient de la forêt.

D'où nous étions assis nous pouvions voir tout ce que la femme découpait finement sur la table. Outre la croûte de pain, il y avait différents légumes, des oignons, et des herbes aromatiques que l'on sentait d'ici. Du foyer ne montaient plus que quelques flammèches bleues. Nous entendîmes le garçon parler au bébé dans la maison, lui répétant toujours la même phrase. La lune apparut entre les pointes des sapins. Venant de derrière la maison, l'homme émergea de l'obscurité du côté de la citerne, s'accroupit devant la carpe, sortit un couteau de sa poche, lui ouvrit le ventre, provoquant un dernier frémissement, y enfouit la main et, tout ce qu'il en sortit, le jeta dans le bassin. Dans le silence, on entendit les poissons battre des nageoires à la surface.

L'homme avait porté la carpe sur la table de jardin et commençait à garnir avec soin son ventre des légumes, du pain et des herbes aromatiques. Le garçon était sorti de la maison et suivait tous les gestes de son père, car il semblait y avoir une manière précise de les faire. Parfois il se tournait aussi vers nous et son regard se posait une seconde sur O'Leary avant de retourner au travail de son père. La femme s'était remise à chanter à l'intérieur et le bébé chantait lui aussi à sa façon. O'Leary demanda :

« C'est bien des carpes ?

– Oui.

– Alors c'est juif.

– Quoi ?

– Si c'est une carpe, c'est une recette juive.

– Qu'est-ce que tu racontes ?

– Que c'est une recette juive. »

Je me tournai pour examiner son profil. Il dit :

« Aussi vrai qu'on est là, c'est une recette juive. À Lowestoft il y a des juifs, ils la font aussi. Ils viennent sur la plage et ils la font presque comme ça. »

Je fixai le dos de l'homme toujours penché sur le poisson et l'espace d'un instant songeai sans réfléchir qu'ainsi les juifs aussi laissaient agoniser les carpes. Puis aussitôt je dis :

« Mais non, O'Leary, lui il n'est pas juif.

– C'est pas ce que j'ai dit, monsieur. Mais c'est une recette juive aussi vrai qu'on est là, et je sais ce que ça va sentir.

– Tu en as mangé ?

– Un jour, ceux de Lowestoft sont venus me voir sur ma dune avec une assiette.

– Et alors ?

– J'ai fait semblant de manger et j'ai tout jeté dans la mer.

– Pourquoi ?

– Vous verrez l'odeur. »

On regarda vers la table. Le ventre du poisson était rempli. La nuit reposait partout. La lune orangée brillait au-dessus des sapins. Des papillons de nuit volaient autour de la lampe-tempête. À l'intérieur la femme chantait tout bas.

L'homme entra dans la maison et revint avec une grille qu'il posa sur les pierres du foyer. Il se pencha pour souffler sur les braises et appela. Le garçon resté près de la table souleva le poisson des deux mains, commença à s'approcher et au moment où il passait devant nous glissa, et en cherchant à garder son équilibre lâcha le poisson qui tomba sur le sol dans un bruit humide, et tout ce que l'homme avait patiemment mis dans son ventre s'éparpilla dans l'herbe. L'homme se leva, empoigna le garçon par sa chemise, le frappa au visage et le frappa encore, mais c'était pour la carpe qui gisait dans l'herbe le ventre vidé de son contenu que le garçon avait déjà commencé à sangloter. O'Leary se dressa en poussant un cri de douleur et l'homme se tourna vers lui, les traits déformés par la colère, serrant encore plus fort la chemise du garçon dans sa main, et s'adressa à O'Leary dans un flot de paroles tantôt empreintes de rage tantôt d'une fausse douceur, s'adressant autant à O'Leary qu'au canon du fusil que ce dernier levait sur lui. Puis il se tut soudain mais laissa sa main suspendue au-dessus de la tête du garçon, et malgré la chemise qui lui serrait le cou le garçon ne sanglotait plus mais regardait le fusil éperdument. Alors O'Leary se tourna vers moi, désespéré. Ses avant-bras tremblaient et ses yeux grands ouverts m'imploraient. L'homme se mit à rire et sans lâcher le garçon leva un peu plus haut la main qui avait frappé, fit un pas vers O'Leary qui une dernière fois me fixa avec une infinie tristesse et le coup de feu brisa la nuit en un millier d'éclats.

Je me rappellerais ceci : le garçon et sa mère unis quelques secondes par leur silence, elle dans l'encadrement de la porte à peine éclairée par la lampe-tempête, une main devant la bouche, et lui immobile, le visage éclairé par les braises, silencieux tous les deux, leurs regards se croisant, évitant l'homme qui gisait sur le dos parmi les légumes, les herbes aromatiques et le pain, un bras étendu sur le côté et la paume de la main tournée vers le ciel, touchant presque la carpe. L'autre bras, celui que la balle avait touché, tentait de se soulever. L'homme ouvrit les yeux et bougea les lèvres. L'écho du coup de feu semblait graver dans l'air, semblait s'en aller et revenir, sans arrêt, comme un orage qui aurait tourné autour de la terre. O'Leary avait posé son fusil sur le banc et s'éloignait vers le chemin entre les sapins. Je pris le fusil et le rattrapai à l'orée du bois que nous traversâmes dans une obscurité presque totale et lorsque nous en sortîmes les étoiles plus nombreuses qu'au-dessus de la clairière nous guidèrent vers la route.

Nous marchions chacun sur un bord, moi du côté du fleuve et O'Leary le long des champs. L'eau s'écoulait dans l'obscurité vers la mer, lente et sans le moindre bruit. Le fusil était lourd et je finis par le passer à l'épaule. Parfois je me tournais vers O'Leary. La largeur de la route nous séparait. Dans la nuit il avait l'air moins voûté qu'en plein jour. À un moment je ne le vis plus, je ralentis pour l'attendre et à nouveau nous marchâmes à la même hauteur. Je passais le fusil d'une épaule à l'autre et je regardais les eaux sombres s'en aller. Les étoiles ne s'y reflétaient pas, mais la lune tremblante, si.

Pendant plus d'une heure seuls nos pas résonnèrent dans la nuit. Ceux d'O'Leary se perdaient de plus en plus souvent derrière moi et je l'attendais. À un moment, tandis que nous marchions ensemble, je dis : « La mer n'est pas loin, O'Leary. Regarde l'essence quand nous serons à la voiture et si tu penses qu'il nous en reste assez on peut aller chercher un coin au bord pour dormir. Tu veux qu'on essaie ? »

Longtemps après, alors que nous approchions du pont et de la voiture, j'entendis un mot prononcé dans un souffle et je pensai qu'il se murmurait une réponse à lui-même, qu'il venait de dire oui à une interrogation personnelle. Et, au moment où je me souvenais de ma question, il murmura en même temps qu'un sanglot : « Oui, monsieur, on pourrait essayer. »

DU MÊME AUTEUR

Le Secret du funambule
Milan, 1989

Le Bruit du vent
Gallimard Jeunesse, 1991
et « Folio Junior », n° 1284, 2003

La Lumière volée
Gallimard Jeunesse, 1993
et « Folio Junior », n° 1234, 2009

Le Jour de la cavalerie
Seuil Jeunesse, 1995
et « Points », n° P1053, 2003

L'Arbre
Seuil Jeunesse, 1996

Vie de sable
Seuil Jeunesse, 1998

Une rivière verte et silencieuse
Seuil, 1999
et « Points », n° P840, 2001

La Dernière neige
Seuil, 2000
et « Points », n° P942, 2002

La Beauté des loutres
Seuil, 2002
et « Points », n° P1261, 2004

Quatre Soldats
prix Médicis 2003
Seuil, 2003
et « Points », n° P1216, 2004

Hommes sans mère
Seuil, 2004
et « Points », n° P1337, 2005

Le Voyage d'Eliado
Seuil, 2005

Océan Pacifique
prix Livre et Mer Henri-Queffélec
Seuil, 2006

Marcher sur la rivière
Seuil, 2007

La Promesse
Seuil, 2009

L'Année du soulèvement
Seuil, 2010

La Lettre de Buenos Aires
Grand Prix SGDL de la nouvelle
Buchet Chastel, 2011

La Vague
Les éditions du Chemin de fer, 2011

La Source
Cadex, 2012

Un repas en hiver
Stock, 2012
et « J'ai lu », n° 10551, 2014

L'Homme qui avait soif
prix Louis-Guilloux
prix Landerneau
Stock, 2014
et « J'ai lu », 2015

La Route de Beit Zera
Stock, 2015
et « Points », n° P4330, 2016

L'Incendie
(avec Antoine Choplin)
La Fosse aux ours, 2015

Une histoire de tempête
Éditions du Sonneur, 2015

RÉALISATION : NORD COMPO À VILLENEUVE-D'ASCQ
IMPRESSION : MAURY IMPRIMEUR À MALESHERBES (45)
DÉPÔT LÉGAL : AOUT 2020. N° 145629 (246861)
IMPRIMÉ EN FRANCE